—————— 阅读之前 没有真相

午夜文库

迈克尔·康奈利
哈里·博斯系列

迈克尔·康奈利 Michael Connelly (1957-)

迈克尔·康奈利是美国前总统比尔·克林顿、摇滚巨星米克·贾格尔等人最喜欢的推理小说家,他也被称为世界上最好的警探小说作家。他的小说迄今为止销售了700万册,被翻译成31种文字,并年年蝉联《纽约时报》畅销书排行榜榜首。惊悚小说大师斯蒂芬·金非常赏识康奈利的作品,还特为他的《诗人》一书作序。

自出道以来,康奈利获奖无数,其中包括爱伦·坡奖、安东尼奖、尼罗·伍尔美奖、夏姆斯奖、马耳他之鹰奖,以及法国的 .38Caliber、Grand Prix 及意大利的 Premio Bancarella 等奖项。他还曾担任美国推理小说作家协会(MWA)主席一职。

迈克尔·康奈利从事小说创作之前,在《洛杉矶时报》担任犯罪新闻记者,丰富的体验为他的写作提供了坚实的基础。1992年康奈利创作了以洛杉矶警探哈里·博斯为主角的小说《黑色回声》,获得当年爱伦·坡奖的最佳处女作奖。截止2006年,他一共写了十一部"哈里·博斯系列"小说,为洛杉矶市创造了一个保护者的形象。

除"哈里·博斯系列"外,康奈利还有《诗人》、《血型拼图》等作品,也同样登上畅销书排行榜。

目前康奈利和他的家人住在美国佛罗里达州。

迈克尔·康奈利小说年表

1992 The Black Echo   Harry Bosch
1993 The Black Ice   Harry Bosch
1994 The Concrete Blonde   Harry Bosch
1995 The Last Coyote   Harry Bosch
1996 The Poet   Jack McEvoy
1997 Trunk Music   Harry Bosch
1998 Blood Work   Terry McCaleb
1999 Angels Flight   Harry Bosch
2000 Void Moon   Cassie Black
2001 A Darkness More Than Night   Terry McCaleb, Harry Bosch
2002 City of Bones   Harry Bosch
2002 Chasing the Dime   Henry Pierce
2003 Lost Light   Harry Bosch
2004 The Narrows   Harry Bosch
2005 The Closers   Harry Bosch
2005 The Lincoln Lawyer   Mickey Haller
2006 Echo Park   Harry Bosch
2007 The Overlook   Harry Bosch
2008 The Brass Verdict   Mickey Haller
2009 The Scarecrow   Jack McEvoy
2009 Nine Dragons   Harry Bosch
2010 The Reversal   Mickey Haller
2011 The Fifth Witness   Mickey Haller
2011 The Drop   Harry Bosch
2012 The Black Box   Harry Bosch
2013 The Gods of Guilt   Mickey Haller
2014 The Burning Room   Harry Bosch
2015 The Crossing   Harry Bosch

穆赫兰高地
The Overlook

(美)迈克尔·康奈利 著

陶娟 王莹 译

新星出版社 NEW STAR PRESS

献给送我《杀死一只知更鸟》的图书管理员

1

午夜，电话铃声响起。哈里·博斯依然醒着，没开灯坐在客厅里。他总觉得这样可以让他更好地听萨克斯。因为当一种感官被屏蔽的时候，另一种就变得敏锐了。

但是，在内心深处，他清楚地知道，他在等待。

电话来自他在特别重案组的头儿，拉里·加德尔。这是他新换工作以来第一次被唤出勤，也是他一直在等待的电话。

"哈里，你起床了？"

"我起来了。"

"你在放谁的音乐？"

"弗兰克·摩根，纽约标准爵士乐俱乐部的现场表演。你现在听到的钢琴曲是来自乔治·凯博斯。"

"听起来像《全然蓝调》①。"

"是这个。"

"好东西，我真不愿意把你拖出来。"

博斯按下遥控器关掉了音乐。

---

① 全然蓝调（All Blues），由迈尔斯·戴维（Miles Davis）作曲的爵士乐曲。一九五九年首次出现在一张很有影响力的唱片 Kind of Blue 中。

"怎么了，队长？"

"好莱坞分局需要你和伊吉出来调查一个案子。他们今天已经有三个案子了，应付不了第四个。这起案子看起来似乎会变成一种谈资，像是枪杀案。"

洛杉矶警察局根据地理位置划分了十七个分局。每一个分局都有各自的警察局和警探所，还包括了一支凶案侦查队。但是分局的侦查队属于一线，不可能长期调查一个案件。如果一起谋杀案牵涉到了政客、名流或是媒体，通常就会被转到特别重案组，而重案组的工作独立于帕克中心的抢劫凶杀部之外。假如一宗案件看起来特别棘手或是侦办起来颇费时间，那么就立即成了特别重案组的事情——这似乎已经成了一种一成不变的习惯——这个案子就是其中之一。

"在哪里？"博斯问。

"在穆赫兰大坝上面的高地，你知道那地方吗？"

"是的，我上去过。"

博斯站起身来走到餐桌前，打开一个专门设计用来放银器的抽屉，取出笔和一个小笔记本。他在笔记本的第一页记下凶案发生的日期和位置。

"还有其他细节吗？"博斯问道。

"不多，"加德尔说，"我说过，我只是在执行任务。当时死者身后有两个人。有人带这个家伙到那里，面对那么美的风景崩了他的脑袋。"

在问下一个问题之前，博斯先记下了这一条。

"他们知道死者是谁吗？"

"分局的人正在调查，也许等你到那儿的时候他们已经有了眉目。"

这实际上是你的管辖区，对吧？"

"离得不远。"

加德尔接着又提供了案发现场的一些细节并问是否要给博斯的搭档打电话。博斯说他会安排。

"好吧，哈里，赶紧去那儿看看情况怎么样了，然后给我电话，随便什么时候叫醒我都行。其他人也是。"

博斯心想，这就像一个上司向别人抱怨他被叫醒了，而这样的抱怨通常都能增进两人的关系。

"行。"博斯答道。

挂断电话后，博斯马上拨给他的新搭档，伊格纳西奥·费拉斯。目前他们两人还在磨合期。费拉斯比他小二十多岁，有着不同的文化背景。博斯确定他们之间一定会有默契，但是这需要一个漫长的过程。默契的形成一贯如此。

费拉斯被博斯的电话吵醒了，但是他很快便清醒过来，并且积极做出反应，这让博斯感到高兴。唯一的问题是他住在钻石吧那里，预计到达现场至少得在一个小时以后了。在他们被指定为搭档的那天，博斯就和他谈过住所问题，但费拉斯一点儿也不想搬。他一大家子都在那儿，他舍不得离开。

博斯知道自己肯定会比费拉斯早到案发现场，这意味着他得独自应付那些与分局的人产生的小摩擦了。避开分局的人谈案子总是一件很微妙的事。决定通常都是头儿做出的，根本轮不着现场调查凶案的警探们。没有任何一位配得上自己警徽的凶杀案警探会愿意放弃一个案子。这不仅仅是他的任务。

"回见，伊格纳西奥。"博斯说。

"哈里，"费拉斯说，"我说过，叫我伊格。大家都这么叫。"

博斯没说什么。他不想叫他伊格，因为他认为这名字无法承担这项工作和任务的重量。他希望他的搭档能意识到这一点，并且不再要求他这么做了。

博斯突然想到一件事，于是给伊格加了一条指令，让他在路过帕克中心的时候把分派给他们俩的那辆两厢城市轿车开过来。这样又会让费拉斯耽误一些时间。博斯的车没多少汽油了，但他还是打算自己开车先去现场。

"好吧，现场见。"博斯说，省略了费拉斯的名字。

他挂断了电话，匆匆从前门处的壁橱里取出外套。当他把手臂伸进袖子的时候，朝门上的镜子里扫了自己一眼。五十六岁的他身材依然瘦削匀称，即使再长几磅也无妨，而其他那些和他一般年纪的警探都已经有滚圆的腰了。在重案组，有一对警探，因为块头大而被大伙叫作"箱子"和"水桶"。而博斯不用担心这个。

灰色的头发虽然没有完全掩盖住原有的棕色，但是已经快了。深色的眼睛清晰而明亮，随时准备迎接挑战。从镜子里的眼神中，博斯看到自己对凶杀案的理解，那就是当他迈出大门，他愿意并且也会坚持到完成任务——无论这期间他需要承受什么。这让他感觉自己仿佛是防弹的。

他伸出左手去拔挂在右边屁股上的枪套里的枪，那是一支金伯手枪。他迅速检查了一下弹仓和机械部分，然后把枪插入枪套。

准备好了，他打开了门。

队长对这个案子所知不多，但有一点他是对的。案发现场离博斯的家不远。他顺着卡胡恩加山道下去，然后穿过一〇一大道到巴汉姆道。那里是一条近路，可以直接上好莱坞湖边大道，通往散布在水库和穆赫兰大坝周围的山顶住宅区。那里可都是价格不菲的住宅啊。

他沿着水库的围栏向前开，偶尔因为路边蹿出的一只野狼停顿一下。狼眼直视着车头灯，在灯光里闪烁着。然后狼转过身，信步穿过马路消失在灌木丛中，像是在挑衅。这让博斯想起当年巡逻的时候，在街头遇到的那些年轻人，他们的眼睛里闪烁着同样的挑衅。

过了水库，他开上了连接穆赫兰大道东端的塔霍路。这里有个未经官方允许的鸟瞰城市的高地。周围贴着"不准停车"和"晚上高地关闭"的标牌，但是无论白天黑夜，这些标牌通常都会被人们无视。

博斯把车停在一群公务车后面，其中包括法医解剖车和运尸车，还有一些有标志和没标志的警车。黄色的警用隔离带围住了案发现场，里面有一辆银色的保时捷卡瑞拉，车的引擎盖敞开着。车被更多的黄色隔离带隔开，博斯知道，这很有可能是受害人的车。

博斯停好车，走了出来。一个负责看守的巡警过来记下他的姓名和编号——二九九七，然后让他从隔离带下穿过。博斯走近案发现场，在能够俯瞰这座城市的小块空地上躺着一具尸体，两边各竖立着一排便携灯。再靠近一点，博斯看到法医和验尸官们在尸体周围忙碌着，一个技术人员拿着摄像机在记录现场情况。

"哈里，到这儿来。"

博斯转身看到警探杰里·埃德加倚在一辆没有标牌警探巡逻车的车头边，手里拿着一杯咖啡，像是在等人。博斯走过来时，他直起身来。

埃德加在好莱坞分局的时候，曾经做过博斯的搭档。那时，博斯是凶案组的组长，而现在，组长是埃德加。

"我在等抢劫凶杀部的人，"埃德加说，"但没想到来的是你，伙计。"

"是我。"

"你一个人单干？"

"不是，我的搭档在路上了。"

"是新搭档，对吧？自从去年回声公园那个乱子之后，我就没你的消息了。"

"嗯，你在这儿干吗？"

博斯不想和埃德加谈论回声公园。实际上，他不想和任何人谈那件事，他只想专注于手头的这件案子。这是他调到特别重案组后第一次出外勤，他知道会有很多人留意他的举动，其中一些人会希望他跌倒并爬不起来。

埃德加转身时，博斯看到行李箱上散放着一些东西。博斯边掏出眼镜戴上边俯身去看。虽然光线不好，不过他还是可以看到一排证据袋。袋子里分别装着从死者身上找到的物品，有一只钱包、一个钥匙圈还有一个带夹子的姓名标牌。另外还有厚厚一沓用夹子夹住的现金，上面放着一部黑莓手机，手机还处于待机状态，闪着绿色的光，只是它的主人再也不能拨打和接听电话了。

"法医那帮人就给我这些，"埃德加说，"他们应该差不多还需要十分钟左右。"

博斯捡起装着姓名牌的袋子对着灯光，上面写着"圣阿加莎女子医院"，还有一张黑发深色眼睛的男子的相片，姓名为斯坦利·肯特。照片上的他微笑着。博斯发现这个姓名牌还是一张可以开启大门的磁卡。

"你和凯丝聊得多吗？"

这是在指博斯的前任搭档，回声公园那个案子之后她就调到总局办公室担任管理工作了。

"不多,但是她做得挺好。"

博斯拿起另一个证据袋,想把话题从凯丝·瑞德身上移到手头的案子上。

"你干吗不和我说说这案子你了解的情况,杰里?"

"我很乐意,"埃德加说,"尸体是一个小时前被发现的。你能看到街上的标牌,这里不准停车,天黑后也没有闲逛的人。好莱坞分局每隔一段时间就会有一辆巡逻车过来驱散爱看热闹的人,让这里住着的有钱人心情愉快。我听说那边的那座房子是麦当娜的,要不就是她以前住过。"

他指着离空地大约一百码的一幢庞大的豪宅。月光下,映衬着矗立在建筑物之上的一座塔楼的影子。豪宅的外墙被交替着涂上了铁锈色和黄色,看起来像一座托斯卡纳式①教堂。房子建在海角之上,能让屋子里的人透过窗户将山下城市的旖旎风光一览无余。博斯想象着那位明星在塔楼里俯瞰着这座拜倒在她裙下的城市的情景。

博斯回头看看他的老搭档,等着接下来的情况说明。

"巡逻车大约十一点经过,发现了这辆开着引擎盖的保时捷。这种车发动机在后面,哈里。这意味着车的行李箱是打开的。"

"明白。"

"好,你已经知道了。然后,巡逻车开到保时捷处停下,巡警没发现保时捷里面和周围有人,他们就下了车。其中一位走到空地上,发现了死者。他脸朝下,脑袋后面中了两枪,当场死亡,简单而利落。"

博斯对着证据袋里的姓名牌点点头。

"就是这家伙吗,斯坦利·肯特?"

---

① 托斯卡纳(Tuscany),意大利中部的一个地区,首府是佛罗伦萨(Florence)。托斯卡纳被称为华丽之都,因其丰富的艺术遗产和极高的文化影响力被视为意大利文艺复兴的发源地。

"看来是。姓名牌和钱包都证明他是斯坦利·肯特,四十二岁,就住在艾罗海德大街。我们查了一下这辆保时捷的牌照,只有一个,它属于一个叫K(肯特的英文缩写)的内科医生。我刚才又查了一下肯特,他的记录很干净,只有几张保时捷的超速罚单,除此以外没有什么。看样子枪手打得很准。"

博斯点点头,记下了所有的信息。

"哈里,我无法再为你接手这个案子感到难过,"埃德加说,"这个月我总共就一个搭档。今天早上我把那一个弄丢在了我们去的第一个现场——成了一个三级火警火灾的第四个受害人,现在躺在安吉尔皇后医院靠生命维持系统活着。"

博斯记得好莱坞分局的凶案组是按三人一组分组,而不是传统的搭档模式。

"那个三级火警火灾有没有可能和这个有关?"

他指指在高地上围在尸体周围的技术人员。

"不,那是直接开枪的团伙,"埃德加说,"我觉得这是完全不同的情况,很高兴你接手这案子。"

"好,我会尽快告诉你结果。有人检查过这辆车吗?"

"还没,等你来呢。"

"好的。有人去艾罗海德大街受害人的家吗?"

"也还没有。"

"有人去问问这附近住的人吗?"

"没,我们在现场这儿查的。"

很明显,埃德加早就决定要将这个案子转给抢劫凶杀部。他什么都没做,这让博斯有点恼火。同时,他意识到他和费拉斯得从头开始着手,这不是坏事。很久以来,案子从分局转到市区警探队的时候，已经被搞得乱七八糟了。

博斯看看打了灯光的那块空地，数了一下，一共有五名法医和验尸官在尸体周围忙活着。

"既然你们是最早在案发现场勘验的，那么在技术人员接近之前，有没有派人查找尸体周围的脚印？"

博斯已经没法掩盖自己语气中的恼火了。

"哈里，"埃德加也被博斯的语气惹恼了，"每天黎明都有好几百人跑到这块高地上来。如果我们想花时间找脚印的话，估计要找到今年圣诞节。我可不想这么做。目前是在公共场地上躺着一具尸体，我们得把它弄走。另外，这看起来像是职业枪手干的，这就意味着鞋子、手枪、车子，这一切早就被处理完了。"

博斯点了点头。他不想再谈这个问题。

"好吧，"他平静地说，"我猜你这儿差不多完成了。"

埃德加点点头。博斯觉得他可能有点尴尬。

"我说过，哈里，我从来没想变成你。"

这句话意味着他不会为了哈里去追查这事，但是为了抢劫凶杀部的某些人，他会。

"当然，"博斯说，"我明白。"

埃德加走后，博斯回到自己的车边，从行李箱里拿出手电筒。他走到保时捷那儿，戴上手套，拉开驾驶座一侧的门，屈身进去查看。在副驾驶座上，有一只公文包。包没锁，博斯咔嗒一声打开包时，发现里面有几份文件、一个计算器、几个便签簿和纸笔。博斯合上包，把它放回原处。包所放的位置表明受害人很有可能是独自来到高地的。在这里，他遇到了杀手。不是他把杀手带到这儿来的。博斯想，这个发现很可能意味深长。

接着，他打开车内仪表板上的贮物箱，里面有好几个像是从倒在地上的死者身上发现的那种姓名牌。他一个一个捡起翻看，发现每一个门禁卡都是不同的医院出具的，但每一张上都是同样的姓名和照片：斯坦利·肯特，那个躺在空地上的死者。

有几张姓名牌后面是手写的标记。这让他看了好长一段时间。这些标记大部分都是数字加上结尾是 L 或是 R 的字母，他判断这是门锁的密码组合。

博斯再往贮物箱里面细看，发现了更多的姓名牌和门禁卡。他能够判断出的就是这名死者——如果他是斯坦利·肯特——几乎拥有洛杉矶地区每家医院的通行证，同时还有几乎每家医院安全锁的密码组合。博斯初步认为这些姓名牌和门禁卡也许是受害人为了到医院进行某种诈骗行为而伪造的。

博斯把东西都放回到贮物箱并关上，接着又看了看座位下面和中间，没发现什么可疑的。他走出车子绕到后面打开的行李箱。

行李箱很小，里面空无一物。但是在手电筒的光里，他发现在底部毡垫上有四个压痕，很明显有个带有四个支架或轮子的沉重的方形物体曾被放在行李箱里。车被发现的时候，行李箱是开着的，很有可能这个物体——无论它是什么——在案发后被拿走了。

"警探？"

博斯转过身，手电筒的光打在一个巡警的脸上，是那个在隔离带那儿记下他姓名和警号的警官。他把电筒的光低了下来。

"什么事？"

"来了个联邦调查局的特工。她请求进入现场。"

"她在哪儿？"

那个警官带他走到隔离带那里。博斯靠近时，看到一位女士站在一辆敞着门的车边。她孤身一人,面无表情。博斯感到一种熟悉的不自在感砰地打在他的胸口。

"哈里,你好。"看见他的时候,她说道。

"你好,蕾切尔。"他说。

2

从上一次他看见联邦调查局的特工蕾切尔·沃琳算起，已经过了快六个月了。在隔离带那儿走近她时，博斯确定在过去的每一天里，自己没有一天不在想她。然而他从来没有想到过，假如他们能够重聚，居然会是在午夜的凶杀现场。她穿着牛仔裤、一件牛津布T恤和蓝色的法兰绒上衣，深色的头发有些蓬乱，但她看起来依然很美。显然，像博斯一样，她也是被从家里叫起来的。她脸上没有一丝笑容，这让博斯回想起上次他们分手时，情形有多么糟糕。

"你瞧，"他说，"我知道我一直忽略了你，但你也用不着追我追到犯罪现场，就为了——"

"现在不是开玩笑的时候，"她打断了他，"如果我想，我会这么做的。"

他们最后一次联系是一起处理回声公园的案子。他知道那个时候她在联邦调查局一个叫作战术情报的隐蔽部门工作。她从未解释过这个部门到底是做什么的，博斯也从不问，因为这和回声公园的案子一点儿关系都没有。他能够接触到她是因为她之前是一名分析师，也因为他们各自过去的经历。回声公园的案子已经过去，开始新的罗曼史的机会也过去了。现在博斯再次看到她时，知道她就是为了公事而来，同时他有种感觉，这次他会明白战术情报部门到底是做什么的。

"如果你想，你会做什么？"他问。

"能告诉你的时候，我会告诉你。请问，能让我看一下现场吗？"

博斯不情愿地抬起了隔离带，恢复到他标准的嘲讽口吻，想敷衍了事。

"那好，沃琳特工，"他说，"请您自便。"

她从隔离带下面钻进来，站直身子表现出对他允许她进入现场的尊重。

"我真的有可能帮上你的忙，"她说，"如果可以看看尸体，我就能帮你正式地鉴定一下了。"

她举了举一直带着的一个文件夹。

"走这边。"博斯说。

他带她来到空地上，受害人就笼罩在从移动装置发出的消毒灯光里。死者躺在离高地陡坡五英尺远的赤黄色土上。顺着尸体和高地的边缘望去，水库静静地反射着月光。水坝那边，城市用无数的灯光铺就了一块光之毯。凉爽的夜风吹拂着，让闪烁的灯光感觉像是漂浮的梦境。

在光圈的边缘，博斯伸出胳膊拦住了沃琳。受害人已经被医务人员翻了过来，脸部朝上。死者的脸上和前额都有擦伤，但博斯觉得他能认出这就是在贮物箱里那些姓名牌照片上的那个人。他就是斯坦利·肯特。他的衬衫纽扣是解开的，露出无毛的胸部上苍白的皮肤。尸体躯干的一侧被开了一个切口，法医正将一个温度传感器推进肝脏。

"晚上好，哈里。"说话的是乔·菲尔顿，那个法医，"我猜，我该说早上好了。你那个朋友是谁?我以为他们把你和伊格·费拉斯分成一组。"

"我是和费拉斯一组,"博斯回应道,"这位是联邦调查局战术情报部的沃琳特工。"

"战术情报部?下一步会想到什么呢?"

"我想他们是国土安全那类的部门吧。你知道的,不能问、不能说。她说她有可能帮我们确认死者身份。"

沃琳看了博斯一眼,分明是在告诉博斯他有多幼稚。

"医生,我们能进来了吧?"博斯问。

"当然,哈里。我们已经差不多整理好了。"

博斯刚要迈步,沃琳已经冲到他前面走进刺眼的灯光里。她打开文件夹,拿出一个八乘十的面部彩色照相机,弯下腰,直接对着死者的脸开始拍摄。博斯走到她身旁,用自己做了一个参照。

"是他,"她说,"斯坦利·肯特。"

博斯点头表示同意,然后他把手伸给她,好让她从尸体边退后站起来。但是她视而不见,自己站了起来。博斯朝下看看蹲在尸体旁边的菲尔顿。

"那么,医生,你能告诉我们你有什么收获吗?"

博斯在尸体的另外一边蹲了下来,以便能看清楚。

"我们知道的就是有这么一个人,不管出于什么样的原因,被带到这儿或是自己来到这儿,然后被弄得跪倒在地。"

菲尔顿指指受害人的裤子,在裤子的两个膝盖上都有赤黄色土留下的污渍。

"然后有人在他的脑袋后面给了他两枪,他倒下来,面部先着地。你们可以看到他面部着地时受到的损伤。但那时候,他已经死了。"

博斯点点头。

"没有子弹出去的伤口，"菲尔顿补充道，"也许在他的头盖骨里爆开，造成一个二十二左右的创口。当即奏效。"

博斯现在想起加德尔队长在提到死者在高地美景中被人崩了脑袋时，他的描述是如此形象。以后他得记得，加德尔队长是喜欢夸张的。

"死亡时间？"他问菲尔顿。

"通过肝脏的温度，我估计大概有四五个小时了，"医务人员答道，"八点左右吧。"

最后一句话一下子困扰住了博斯。他知道，八点左右天已经黑了，所有观赏日落的人早就离开了高地，但是两声在高地的枪响应该是会传到附近悬崖上的人家的。可是到目前为止，没有人打电话到警察局，三小时后尸体才被巡逻车发现。

"我知道你在想什么，"菲尔顿说，"那声音是怎么回事？这里有一种可能的解释。来，大家帮忙把他再翻过去。"

博斯站了起来，让出地方让菲尔顿和他的一个助手把尸体翻过去。博斯看了看沃琳，和她对视了一会儿，随即她把目光移开看着尸体。

尸体被翻过来，露出了脑袋后面子弹进去时的创口。死者的黑发被血污缠结在一起，白色衬衫后面被喷溅了一排棕色的污迹，这立刻引起了博斯的注意。不管记不记得，数不数得过来，他已经到过无数个犯罪现场了。他可以断定死者衬衫上的不是血迹。

"那个不是血迹，对吧？"

"不，不是，"菲尔顿说，"我觉得从实验室那里我们会得知这是上好的可口可乐糖浆。这是你会在空瓶子或是空罐子底部发现的残留物。"

博斯还没来得及反应，沃琳已经抢先开口了。

"这是一个用来抑制枪声的简易消声器，"她说，"把一个空塑料可乐瓶套在枪口上，因为声波被投射在瓶内而不是流动的空气中，那么枪声会被极大地减弱。如果瓶内有残留的可乐，液体就会喷射在枪击的目标上。"

菲尔顿看看博斯，赞许地点点头。

"你在哪儿找到她的，哈里？这是个行家啊。"

博斯看着沃琳。同样的，他也很意外。

"互联网。"她说。

虽然不相信，博斯还是点了一下头。

"还有一件事情你们得注意。"菲尔顿把话题再度引回到尸体上。

博斯再次蹲了下来。菲尔顿指指博斯那边死者的手部。

"我们发现他每只手都有一个这个。"

他指着死者中指上一个红色的塑料环。博斯看看自己这边的那个，又检查了另一只手上的。这是一枚款式相同的红色指环。每只手上的红色指环的一边都有一个白色的贴面，看起来像是某种胶条。

"这些是什么？"博斯问。

"我也不知道，"菲尔顿说，"不过我认为——"

"我知道。"沃琳说。

博斯抬起头来看看她，点点头。她当然知道。

"它们是TLD指环，"沃琳说，"就是光热放射量测量计。这是个早期预警装置，一个可以测量辐射量的指环。"

这句话给一群人带来了一阵可怕的寂静，沃琳继续说下去。

"我告诉你们一个诀窍，"她说，"把它们像这样向内翻转，把光热放射量测量计的屏幕转到手的内侧，这通常意味着携带者正直接接触到放射性物质。"

博斯站了起来。

"那么，所有人，"他命令道，"离开尸体退后。所有人都退后。"

犯罪现场的技术人员、验尸人员和博斯都开始从尸体旁撤离。但是沃琳并没有动。她举起双手，就好像在召集教堂里的人并提请大家注意。

"等等，等等，"她说，"大家不用退后。这是没有放射性污染的。没有污染，是安全的。"

大家都停下来，但是没有人回到他们原来的工作位置。

"如果有泄漏的危险，这个指环上光热放射量测量计的屏就会变成黑色，"她说，"这是早期预警。现在这儿还没有变黑，我们大家是安全的。此外，我还有这个。"

"放射性监测器，"她解释道，"如果有问题的话，相信我，这玩意儿会像杀了人一般尖叫，我也会跑得比谁都快。但是现在没有。一切安好，知道吗？"

案发现场的人们犹豫着，慢慢回到各自的位置。哈里·博斯走近沃琳，握住她的一个胳膊肘。

"能过来谈几句吗？"

他们走出空地，走到穆赫兰道的路边。博斯感到事情有点儿不对劲，但是他努力不让自己表现出来。他有点不安，不想失去对案发现场的控制，而刚才那种信息却又似乎阻止了他。

"你来这儿做什么，蕾切尔？"他问，"发生了什么事？"

"我和你一样，也是半夜接到一个电话，要求我来这出勤。"

"这说明不了什么。"

"我向你保证，我来这儿是为了帮忙。"

"那就明白地告诉我你来这儿做什么，谁派你来的。这才是真的帮了我很大的忙。"

沃琳看了看四周，又回过头来看着博斯。她指指黄色隔离带外面。

"我们能不能——"

博斯伸出手，请她带路。两人从隔离带下钻出来，来到街上。估计案发现场的其他人听不到他们的讲话时，博斯停了下来，看着她。

"好，现在已经够远的了，"他说，"究竟发生了什么事？谁让你来的？"

她再次和他对视着。

"听着，我在这儿告诉你的一切都要保守秘密，"她说，"从现在开始。"

"你瞧，蕾切尔，我没有多少时间和你……"

"斯坦利·肯特在我们的名单上。当今晚你或你的同事在全国犯罪索引系统里输入他的名字时，在华盛顿特区就升起了一个小信号旗，然后战术部就给了我一个电话。"

"什么？他是个恐怖分子？"

"不，他只是一个内科医生。据我所知，是个守法公民。"

"那为什么半夜会出现放射指环和联邦调查局的人？斯坦利·肯特在什么名单上？"

沃琳根本没理会他的这个问题。

"哈里，我问你几个问题。有人去调查死者的家或是他的妻子了吗？"

"还没。我们先查案发现场。我打算……"

"我觉得我们现在就得去了，"她急切地说，"你可以在路上问我问题。你去拿那家伙的钥匙,也许我们进门时需要。我去开我的车。"

沃琳正要往外走,博斯却抓住了她的胳膊。

"我来开车。"他说。

他指指他那辆野马,径直走过去。他走向那辆巡逻车,那些证据袋还散放在车的行李箱上。他一边走一边还后悔让埃德加离开了现场。他示意看护的警官过来。

"听着,我得离开现场去调查一下受害人的家。我应该不会离开太久,警探费拉斯随时会来。保护好现场,直到我们任何一个来这儿。"

"遵命。"

博斯掏出手机给他的搭档打电话。

"你在哪儿?"

"我刚把帕克中心的事情处理完,二十分钟左右到。"

博斯向他说明了一下情况:他得离开现场,费拉斯得快点儿到这儿。他挂断电话,从巡逻车的行李箱上一把抓过装有钥匙的证据袋,随手扔进他的大衣口袋里。

走到车边时,他发现沃琳已经坐在副驾驶座位上。她刚打完一个电话,正在关手机。

"和谁打电话?"博斯坐进车里开始发问,"总统吗?"

"我的搭档,"她回答,"我告诉他在受害人家那儿等我。你的搭档呢?"

"他在路上了。"

博斯启动车子。车子刚开出,他就开始发问。

"假如斯坦利·肯特不是恐怖分子,那么他在哪个名单上?"

"作为一名内科医生,他可以直接接触到放射性物质。所以他就上了一个名单。"

博斯想起他在死者保时捷车上发现的所有医院的名卡。

"在哪儿接触？医院吗？"

"是的，医院有这些。这些物质主要用于癌症的治疗。"

博斯点点头。他已经开始构思，但还没有足够的信息。

"好吧，那么我还漏了什么，蕾切尔？继续说给我听听。"

"斯坦利·肯特可以直接接触到某些物质，而这些物质是世界上某些人很想得到的。对这些人来说，这些物质非常珍贵。当然，他们不是用来治疗癌症。"

"恐怖分子。"

"完全正确。"

"你是说这家伙能轻松地走进医院拿到这些物质？没有相关的安全保障吗？"

沃琳点点头。

"哈里，规定总是有的，但只有规定是不够的。不断的重复和例行公事——这些都是任何一个安全系统的漏洞。我们曾经不锁商务航班驾驶舱的舱门，现在不会了。改换程序或是加强预防措施往往需要以改变命运的事件为代价。你明白我的意思吗？"

这让他想起了受害人保时捷车上一些名卡背后的记号。斯坦利·肯特对于安全的防范能松懈到把密码组合写在他名卡的背后吗？博斯的直觉告诉他这非常有可能。

"我明白。"他告诉沃琳。

"那么，如果你打算绕过一个现存的安全系统，不管它多强或多弱，你会去找谁？"她问。

博斯点头。

"当然是某个直接了解这套安全系统的人。"

"完全正确。"

博斯转到艾罗海德大道,开始搜寻路边的门牌号码。

"你是说这可能也是一个以改变命运为代价的事件吗?"

"不,我没这么说。没有。"

"你认识肯特吗?"

提这个问题的时候博斯看着沃琳,她似乎显得有点儿吃惊。他已经酝酿这个问题很久了,这个时候提出来,就是为了看她的反应。答案是什么并不重要。在回答之前,沃琳转过身看着她那一侧的车窗。博斯了解这个动作,这是他的一个经典判断。他知道她会对他撒谎了。

"不,我从未见过这个人。"

博斯把车开到路边停了下来。

"你干什么?"她问。

"到了,这里就是肯特的家。"

他们到了一处房子前面。这幢房子里外都没有亮灯,看上去像没有人住一样。

"不,不是这儿,"沃琳说,"他的家在下一个街区而且……"

当她意识到博斯已经把她揭穿了之后,她停住了。博斯在黑暗的车里盯着她看了一会儿,开始说话。

"你是打算现在和我一起去还是想下车?"

"你瞧,哈里,我告诉过你,有些事情我不能……"

"下去,沃琳特工。我自己会处理的。"

"你得按照……"

"这是一起凶杀案。我的凶杀案!出去。"

她没有动。

"我只要打个电话,然后在你回到案发现场之前你就会被取消案件的调查资格。"她说。

"那就打吧。我宁可现在就被踢到街上也不愿意被联邦调查局当成一个误伤的老百姓。把当地人闷进葫芦里再埋上牛粪。这不是你们局的一个口号吗？知道吗？不能是我，也不是今晚，更不能是我的案子。"

他倾身越过她去开她那边的车门。沃琳把他推了回去，举起双手表示投降。

"好吧，好吧，"她说，"你想知道什么？"

"我想知道真相，所有的真相。"

3

博斯坐回到自己的座位上直视着沃琳。她不说他是不会开动车子的。

"很显然，你认识斯坦利·肯特，也知道他住在哪儿，"他说，"你对我撒了谎。那么，他是不是恐怖分子？"

"我告诉过你，不是。真的，他只是一个公民，一个内科医生而已。他在我们的监视名单上是因为他负责处理放射源，而这些放射源如果落入不法分子之手，会危及大众的生命。"

"你在说什么？这怎么可能发生呢？"

"通过辐射，也可以通过很多不同的形式。比如个人谋杀——你还记不记得去年感恩节伦敦那个被下了针的俄罗斯人？虽然还有其他受害人，但那是一个针对特定目标的攻击。肯特接触到的这种物质可以被用于更大的范围，大卖场、地铁或是别的什么地方。这取决于数量，当然还有传播方式。"

"传播方式？你是在说炸弹吗？有人能用他负责的物质做出一个放射性炸弹？"

"通过一些操作，是可以的。"

"我以为这只是一个都市传说而已，现案中永远都不会有放射性炸弹这种东西。"

"官方的名称是简易爆炸装置。换句话说,在第一颗炸弹爆炸的那一刻之前,这仅仅是都市传说而已。"

博斯点点头,回到原来的话题。他指指他们前面的房子。

"你怎么知道这不是肯特的家?"

沃琳用手抹了一下前额,仿佛她已经被他烦人的问题弄得疲惫不堪,头都开始疼了。

"因为之前我来过他家,行了吗?去年上半年,我和搭档来过肯特家,简单地告知了一下他的职业会带来的潜在危险。我们对他家做了安全检查并告诉他们要小心。是国土安全局要求我们这么做的。这下行了吧?"

"嗯,行了。这是你们战术情报部和国土安全局的例行检查还是因为他已经受到了威胁?"

"他没有受到特定的威胁,没有。你瞧,我们在浪费……"

"那么针对谁呢?针对谁的威胁呢?"

沃琳调整了一下她的坐姿,恼怒地长出了一口气。

"没有特定的目标。我们只是谨慎起见。十六个月前有人闯入北卡罗来纳州格林斯博罗一家治疗癌症的诊所,避开了复杂的安全系统,拿走了二十二管被称为铯一三七的放射性同位素。这家医院使用这种物质是合法的,是为了治疗妇科癌症。我们不知道谁去了那里以及为什么去,但是东西的确是被拿走了。这则失窃的消息传到上面之后,洛杉矶这里的联合反恐工作队的某人就认为我们应该检查本地医院这些物质的安全措施,警告那些能够接触和操作这些物质的人。请问,我们现在能走了吗?"

"所以你就来了。"

"是，你答对了。这就是联邦政府工作的渗透理论。到了我这儿就是我和我的搭档走出去，和像斯坦利·肯特这样的人谈话。我们在他家见到了他和他的妻子，对他家做了安全检查并告诉他小心点。这也是为什么他的名字出现小旗子的时候我会接到电话通知。"

博斯把变速器挡位调到倒车档，将车子驶出慢车道。

"为什么你事先不告诉我这些？"

博斯猛地踩了一下油门，车子在路上猝然向前开动起来。

"因为格林斯博罗那次没有人被害，"沃琳挑衅地说，"这次整个事情有点儿不同。局里通知我小心慎重处理此事。很抱歉我对你撒了谎。"

"道歉有点儿晚了，蕾切尔。你们的人找到格林斯博罗丢失的铯了吗？"

她没回答。

"找到了吗？"

"还没有。据说已经在黑市上售出了。从金钱这个角度来说，哪怕就是用于合适的医学治疗，这种物质都是很有价值的。这就是我们为什么不能确定我们目前已经了解了多少情况。这也是为什么我会被派来。"

十几秒后他们到达了艾罗海德大道肯特家所在的街区，博斯开始搜寻门牌号。沃琳直接给他指路。

"前面左边，有黑色百叶窗的那个。晚上很难辨别出来。"

博斯把车开过去，车还没停稳便把档位推到停车档上。他跳出车子，直接走向前门。屋子一片漆黑，甚至门前的灯都没有开。博斯走近前门的时候，看到门是虚掩的。

"门是开着的。"他说。

博斯和沃琳各自抽出了武器。博斯把手放在门上，慢慢地推开门。两人举着枪，走进黑暗又安静的屋子，博斯迅速在墙上摸索，找到了灯的开关。

灯亮了，照出一个整洁的客厅，没人，也没有任何骚乱的痕迹。

"肯特太太？"沃琳大声地叫了一声，然后低声告诉博斯，"他们家只有他和太太，还没有孩子。"

沃琳又叫了一声，但是屋子里依然一片寂静。右边有个过道，博斯走过去，找到另一个电灯开关，打开之后，看见走廊里有四个紧闭的房间门和一个凹室。

凹室被布置成了一个书房，里面依旧没人。博斯看到窗户上反射着电脑屏幕的一块蓝光。他们走过凹室，挨着打开每个门查看。看起来一个房间是客房，一个是家庭健身房，里面摆着有氧运动器材，墙上还挂着一张健身垫。第三个门是客人用的卫生间，里面也是空的。第四个就是主卧了。

他们走进主卧，博斯打开墙上的电灯开关。他们看到了肯特太太。

她在床上，全身赤裸，嘴巴被塞了起来，四肢被捆在身后，双眼紧闭。沃琳冲到床边去看她是否活着，博斯穿过房间去检查卫生间和衣帽间，里面都没有人。

等他回到床边，沃琳已经拿走了塞在她嘴巴里的东西，用一把随身小折刀在割开那条把那女人的手腕和脚踝捆在背后的领带。领带是黑色的，带有塑料暗扣。沃琳扯下床罩盖在那一动也不动的裸体上。房间里有一股明显的尿味。

"她还活着吗？"博斯问道。

"还活着，我想她只是昏过去了。她就像这样被丢在这里了。"

沃琳开始摩擦那女人的手腕和双手。双手和手腕因为缺乏血液循环颜色已经变暗,几乎成了紫色。

"去找帮忙的。"她嘱咐他。

经人提醒才反应过来,博斯对自己有点恼怒。他掏出手机,走到过道,打电话给中央调控中心请求医护人员的救助。

"十分钟。"他挂了电话回到卧室告诉沃琳。

博斯感到自己内心一阵激动。现在他们有一个活着的目击证人了。躺在床上的那个女人至少能告诉他们发生了什么。他知道让她尽快地开口说话会是多么重要。

那个女人苏醒过来时大声地发出了呻吟。

"肯特太太,没事了,"沃琳说道,"没事了,你现在安全了。"

当那个女人看到两个陌生人站在她面前时,变得紧张起来,眼睛也睁大了。沃琳掏出了她的证件。

"联邦调查局,肯特太太。你记得我吗?"

"什么?什么是……我丈夫在哪儿?"

她想坐起来,却意识到自己是全裸的,于是使劲拉着自己周围的床单。很明显她的手指还是麻木的,根本拽不住。沃琳帮她把床单拉过来盖好。

"斯坦利在哪儿?"

沃琳在床边跪下,让自己可以和她对视。她抬头看看博斯,仿佛在寻找如何回答那女人问题的方法。

"肯特太太,你丈夫不在这儿,"博斯说道,"我是洛杉矶警察局的博斯警探,她是联邦调查局的沃琳特工。我们正在调查你丈夫发生了什么。"

那个女人抬头看看博斯又看看沃琳,然后她的眼睛停在联邦特工的身上。

"我记得你，"她说，"你到我们家来警告过我们。那么事情发生了？那些人找到了斯坦利？"

沃琳倾身过去，用很平静的语气说：

"肯特太太，我们——你叫艾丽西亚，对吧？艾丽西亚，我们需要你现在平静一点儿，这样我们才能交谈并有可能帮助你。你想把衣服穿起来吗？"

艾丽西亚·肯特点点头。

"那好，我们给你一点儿时间，"沃琳说，"你在这儿穿衣服，我们去客厅。我先问个问题，你有没有被伤害？"

那个女人摇摇头。

"你确定……"

沃琳没问完，好像她被自己的问题吓住了。博斯可没有，他知道他们需要准确地了解这里发生了什么。

"肯特太太，今晚在这里你有没有遭到性侵犯？"

那个女人再次摇摇头。

"他们让我脱光了所有的衣服。这就是他们所做的一切。"

博斯审视着她的眼睛，想要读懂它们，以便判断出她是否在撒谎。

"好吧，"沃琳说道，打破了沉默，"我们让你在这儿穿上衣服。医护人员来的时候，让他们检查一下你所受到的伤害。"

"我没事，"艾丽西亚·肯特说，"我丈夫怎么了？"

"我们不太确定他发生了什么。"博斯说，"你穿上衣服到客厅来，我们会告诉你我们了解的情况。"

她紧紧抓住身上的床罩，小心翼翼地从床上站了起来。博斯看到床垫上有一块污迹，知道艾丽西亚·肯特要么是因为被折磨吓得要死，要么是因为在床上等援助等得太久，而尿在了床上。

她朝衣橱的方向走了一步，看上去像是快要摔倒了。博斯走过去扶住了她。

"你行吗？"

"我没事，就是有点头晕。现在几点了？"

博斯看看在右边床头柜上的电子钟，但是钟上的屏幕是空白的。钟被关了或是被拔了插头。他没有松手，转过右手腕看看自己的手表。

"快凌晨一点了。"

他感觉她的身体一下子绷紧了。

"哦，天哪！"她叫了起来，"过了那么长时间了！斯坦利在哪儿？"

博斯把手移到她的肩膀上，帮她站直。

"你穿上衣服后，我们再谈这事。"他说。

她颤巍巍地走到衣橱边打开门。一面落地镜子嵌在外面的门上。开门时，镜子随之旋转，博斯看到自己在镜子中的影子。那一刻，博斯觉得他可能发现了自己眼中某些新的东西。这些东西是他离家之前在镜子里审视自己时不曾发现的。那是一种不舒服的神情，像是对未知未来的恐惧感。他觉得这可以理解。他已经办理了上千件谋杀案了，但是没有一件带给他这件所带来的感觉。也许，有点恐惧是应该的。

艾丽西亚·肯特从衣橱墙上的挂钩上取下一件白色的毛巾浴袍走进了卫生间。衣橱的门开着，博斯转过脸不去看自己的影子。

沃琳走出卧室，博斯紧跟其后。

"你怎么看？"她走到过道的时候问。

"我觉得我们很幸运，能找到一个目击证人，"博斯回答道，"她能告诉我们发生了什么。"

"希望如此。"

博斯决定在等艾丽西亚·肯特穿衣服的时候对整个屋子再做一次检查。这次，他不仅再次检查了每个房间，还检查了后院和车库。虽然他注意到那个能放两辆车的车库是空的，但也没觉得有什么不对劲。假如肯特除了那辆保时捷之外还有一辆车，那辆车肯定不在附近。

他信步走进后院，抬头看看远处好莱坞的标志，又给中央调控中心打电话，请求再派一支法医队伍过来对肯特的家进行查看。他又询问了一下来检查艾丽西亚·肯特的医护人员的预计到达时间，得知他们大约还有五分钟。在他们告诉他还有十分钟之后，已经过去十分钟了。

接下来他又给加德尔队长打电话，把他从家里叫醒。他的上司静静地听着博斯汇报新情况。联邦调查局对这次调查的介入和恐怖主义活动的极大可能性让加德尔沉默了一会儿。

"那么……"等博斯汇报完毕他说道，"看样子我得叫醒一些人了。"

他指的是他要将案情向局里的上层汇报，并要扩大执行任务的范围。抢劫凶杀组的队长最不愿意的事情就是在早上他就被叫到警察局办公室，并被责问为什么不早点通知上面并告知这件案子不断扩大的涉及面。博斯知道，加德尔会马上行动起来，保护他自己并向上面寻求指示。这对博斯也有好处，也是他期望的。但是这样会让博斯的工作停顿，而且洛杉矶警察局本身也有自己的国土安全办公室。这是由一个被局里大部分人认为说话离谱、根本配不上他的职位的人下令成立的。

"是不是被叫醒的那些人中有一位会去向哈德利警长汇报？"

唐·哈德利警长是詹姆斯·哈德利的双胞胎兄弟，后者恰好是警察委员会的成员之一。警察委员会是一个由政府指定的对洛杉矶警察局进行监督的专门小组，有权任免警察局局长。在詹姆斯·哈德利得到了市长任命和市议会的认可进入委员会不到一年的时间里，他的双胞胎兄弟就一下子从山谷交通分局的副职跳到了新成立的国土安全办公室的正职。这次调动被当时的警察局局长看作是一次政治举措，因为他不顾一切地想要保住自己的职位。但是这个措施没有奏效，他还是被解聘了，随即新的局长上任。整个调动过程哈德利没有受到影响，依然在国土安全办公室指手画脚。

国土安全办公室的职责就是和联邦政府的各个机构沟通并负责保存一系列的情报数据。据了解，在过去的六年里，洛杉矶市已经至少两次被恐怖分子当作攻击目标。每次都是在联邦调查局挫败了阴谋之后，洛杉矶警察局才发现他们曾经受到过威胁。这让警察局感到尴尬和被动，国土安全办公室的成立就是为了让洛杉矶警察局能够做出一些明智的举措，并最终也能知道联邦政府对自家后院的了解情况。

问题是在实践中，这一理由仍然饱受质疑，因为国土安全办公室还是被联邦调查局排除在行动之外。为了掩盖他们的失败，也为了证明这个部门和他的职位存在的合理性，只要案子有一点点恐怖分子涉入的可能性，哈德利警长都会在案发现场举办哗众取宠的记者招待会，卖弄他那个穿着黑衣的部门。一辆运送牛奶的货车翻倒在好莱坞的快速干道上引来国土安全办公室的人全副武装地出现，结果发现这辆罐装车里装的只是牛奶而已。在韦斯特伍德的一个寺庙里，一名犹太教的拉比被枪击也引来同样的反应，结果发现这仅仅是一场三角恋的闹剧。

闹剧继续上演。在第四次行动又变成哑炮之后，国土安全办公室的指挥就被基层警员赋予了一个新的名字，从唐·哈德利警长变成了"蛋·不得力"警长。不过他依然在那个职位上混着，这还要感谢罩着他的那层薄薄的政治面纱。博斯最近一次得知哈德利的情况是来自部门的小道消息，听说他把他的整个纵队拉回来进行学术培训，学习城市突击战术。

"我不清楚哈德利，"加德尔回应博斯道，"他很有可能会插一腿。我先向我的头儿汇报，他会给需要知道的人打电话。但是哈里，这不用你操心了。你干好你的活，别管什么哈德利。你要留心的是联邦调查局的那帮人。"

"明白。"

"记住，和联邦调查局的那帮人在一起，当他们开始告诉你你想要知道的情况时，那你就要开始担心了。"

博斯点点头。这条建议来自洛杉矶警察局对于联邦调查局长久以来不信任的传统。当然，联邦调查局也用长期不信任洛杉矶警察局的传统作为回敬。这也是成立国土安全办公室的原因。

博斯回到屋里的时候，沃琳在用手机打电话，还有一个他从来没有见过的男人站在客厅里。他个子高高的，四十多岁，浑身散发着一种无法被忽略的自信。而这种自信，博斯已经见过无数次了。那人伸出手来。

"你就是博斯警探吧？"他说，"我是杰克·布雷纳。蕾切尔是我的搭档。"

博斯和他握了握手。他说蕾切尔是他的搭档，看似简单，其中却有很深的内涵，里面有点独占的味道。不管这是不是蕾切尔本人的想法，布雷纳在告诉他，他的搭档和他现在只有工作关系。

"那么，你们俩已经见过了？"

博斯转过身去，看到沃琳已经挂了电话。

"不好意思，"她说，"我刚和特别行动组的负责人通了电话。他决定要投入所有战术部的人，调动了全部三个梯队的人开始调查所有的医院，看斯坦利今天去了哪家强放射性物质研究实验室。"

"强放射性物质研究实验室是他们存放放射性物质的地方？"博斯问道。

"是的。肯特有权限通过全国几乎所有实验室的安全检查。我们得查出他今天是否去过其中的某个实验室。"

博斯心里知道，也许他能够把搜寻的范围缩小到一家医疗机构。那就是圣阿加莎女子医院。肯特被谋杀的时候就挂着这家医院的牌子。沃琳和布雷纳并不知道这个情况，而博斯也不打算告诉他们。他察觉到这个案子正慢慢从他手里溜走，因此他想要抓住自己仍然掌握的内部信息，哪怕只有一条。

"那洛杉矶警察局这边怎么办？"他转移了话题。

"洛杉矶警察局？"布雷纳抢在沃琳之前跳出来回答道，"你是指你怎么办吧，博斯？你是这意思吧。"

"是的，该我做什么？"

布雷纳摊开双手，做了一个开放的手势。

"别担心，你在我们这边，你会一直和我们在一起。"

这个联邦特工点着头，就好像他一诺千金一样。

"好，"博斯说，"这是我想要的答案。"

他看看沃琳，想让她确认自己搭档的诺言。但是她把脸转了过去。

4

艾丽西亚·肯特从主卧室出来的时候，已经梳理了头发，洗了脸，仍然只穿着那件白色的浴袍。博斯现在可以看出她是多么吸引人。她身型瘦小，深色皮肤，脸庞有种异国风情的味道。他猜测，由于随了丈夫的姓，她隐藏了一条来自某个遥远地方的血脉。她的头发乌黑闪亮，映衬着一张橄榄色的脸蛋。那张脸蛋此刻既妩媚又哀怨。

她注意到了布雷纳，他向她点点头，做了自我介绍。发生了那么多的事情，让艾丽西亚·肯特混乱得好像完全不认识布雷纳的样子，而之前，她还表示记得沃琳。布雷纳把她领到客厅的长沙发上坐下。

"我丈夫在哪儿？"她问道，这一次她的声音显得坚强和平静一点了，"我想知道发生了什么。"

蕾切尔坐到了她的身边，准备在需要的时候安慰她。布雷纳坐在了壁炉旁的一把椅子上。博斯依旧站着。他不喜欢很舒适地坐着宣布这种消息。

"肯特太太，"博斯率先说道，试图抓住他对这件案子的专有权，"我是调查凶杀案的警探，我来这里是因为今晚早些时候我们发现了一具男尸，我们认为是你的丈夫。很遗憾告诉你这个情况。"

听到这个消息的时候，她的头向前垂下，双手举起捂住了自己的脸。她的身体开始战栗起来，双手后面传来一声无助的呻吟。然后她开始哭泣，痛苦的呜咽使得她的肩膀剧烈地颤抖，她不得不放下双手紧紧地抓住自己的袍子以防它滑落下来。沃琳走过去，用手拍着她的后背。

布雷纳问她是否需要一杯水，她点了点头。等他转身走开，博斯开始观察这个女人，注意到她脸上一道道的泪痕。告诉别人他们所爱的人已经死去，这真是一件令人讨厌的事情。他曾经做过几百次，但是仍然不能适应也不擅长去做。这件事也曾经发生在他自己身上。四十多年前，他的母亲被谋杀。当时他刚刚从青年活动中心的游泳池里爬上来，一个警察告诉了他这消息。他的反应就是一头跳回到池子里，再也不想出来了。

布雷纳把水递给她，这位新寡的女人一口气喝了半杯。大家还没来得及提问，就传来敲门声。博斯过去开门，进来两个带着大箱子装备的医护人员。博斯让开路让他们检查她的身体情况。他示意沃琳和布雷纳去厨房，这样他们好低声交换一下意见，而且他也意识到他们之前已经谈过了。

"你们打算怎么处理她？"博斯问道。

布雷纳再次摊开了双手好像他乐意倾听别人的建议。这似乎是他的招牌动作。

"我以为是你说了算，"这位特工说，"如果需要的话，我们再介入。如果你不愿意那么我们就……"

"行，那好，我来决定吧。"

他看看沃琳，等她提出反对意见，但她似乎也觉得挺好。他转身刚要离开厨房，布雷纳叫住了他。

"博斯，我和你一起打头阵。"布雷纳说。

博斯转过身来。

"什么意思？"

"意思是我已经核查过你了。据说你——"

"什么叫你已经核查过我了？你去问了有关我的问题？"

"我需要知道我们在和谁共事。在此之前，我对你的全部认知是我听说过关于回声公园那件案子。我想——"

"如果你有任何问题，都可以问我。"

布雷纳抬起了双手，再次摊开。

"好极了。"

博斯离开厨房站在了客厅里，等着医护人员结束对艾丽西亚·肯特的检查。其中一个医护人员在她的手腕和脚踝上擦伤的皮肤上涂抹了一些乳霜。另一个在给她量血压。博斯发现她的脖子和一个手腕上已经缠上了绷带，一下子盖住了他之前没有注意到的伤口。

他的手机嗡嗡地叫了起来，博斯回到厨房接听电话。他发现沃琳和布雷纳不在了，显然是溜到屋子别的地方去了。这让博斯有点心神不安。他不知道他们在找什么或到哪里去了。

电话是他的搭档打来的。费拉斯终于抵达了案发现场。

"尸体还在那里吗？"博斯问道。

"不，医疗工程部的人已经清理了现场，"费拉斯说，"我想法医那边也结束了。"

博斯把案子的最新进展告诉了他，告知他联邦调查局的介入，以及斯坦利·肯特接触的物质有多大的危险性。博斯指导他去挨家挨户地敲门，寻找可能看到或是听到斯坦利·肯特被杀的目击证人。他知道这可能性不大，因为在枪击后没有人拨打九一一报警。

"我现在就去吗,哈里?现在是半夜,人们都已经睡了——"

"是的,伊格纳西奥,你应该马上去做。"

博斯一点儿也不担心会吵醒人们。为现场提供照明的发电机早就把附近的居民吵醒了,这是一个很好的机会。对附近居民区进行详细排查是一定要做的,能早一点发现目击证人总是好的。

博斯走出厨房的时候,医护人员已经收拾好准备离开了。他们告诉博斯,艾丽西亚·肯特除了有一些小伤口和皮肤擦伤外,身体状态良好。他们还给了她一粒药以保持镇静,给了一管乳霜让她持续涂抹手腕和脚踝的擦伤。

沃琳又坐到她身边的沙发上,布雷纳也回到了壁炉边他原来的座位。

博斯坐到了艾丽西亚·肯特对面的椅子上,和她隔着一张玻璃咖啡桌。

"肯特太太,"他开始说道,"对于你所经历的损失和创伤,我们深表遗憾。但是我们必须迅速展开调查,因为这很紧急。理想的状态是我们等你准备好了,再和你谈。然而目前情况不允许这样,你知道的,我们最好现在就开始。关于今晚发生的情况,我们需要询问你一些问题。"

她把双臂抱在胸前,点头表示理解。

"那么我们就开始吧,"博斯说,"你能告诉我们发生了什么吗?"

"两个男人,"她眼泪汪汪地回答道,"我从来没见过他们,我是说他们的脸,我从来没见过他们的脸。当时有敲门声,我去开门,却发现没有人。等我要关门的时候,他们跳了出来,戴着面具和帽子——像是运动衫上的兜帽。他们挤进来抓住我。他们有刀,其中一个抓住我,把刀放在我的喉咙上。他说如果我不按照他们所说的做就会切断我的喉咙。"

她轻轻地碰了一下脖子上的绷带。

"你记得当时的时间吗?"博斯问。

"差不多六点了,"她说,"天黑了有一会儿了,我正准备做晚饭。除了到南部州县或是北上到沙漠那边去,斯坦利大部分时候都是晚上七点回家。"

回想起丈夫的习惯,让艾丽西亚·肯特的眼中再次涌满泪水,声音也哽咽起来。博斯试图通过转移到下一个问题以确保谈话不跑题。他已经察觉出她的说话速度在放慢。医护人员给的药在起作用了。

"那人做了什么,肯特太太?"他问。

"他们把我带到卧室,让我坐在床上,脱光了我的衣服。其中一个人开始问我问题。我害怕极了,当时有点歇斯底里。他打了我一耳光,还对我大喊大叫,要我冷静下来回答他的问题。"

"他问了什么?"

"我记不太清楚了,当时我吓坏了。"

"试试,肯特太太。这很重要,能帮我们找到杀害你丈夫的凶手。"

"他问我有没有枪,枪在哪儿——"

"等等,肯特太太。"博斯说,"我们一个一个慢慢来。他问你是否有枪。你怎么回答的?"

"我吓坏了。我说,是的,我们有枪。他问我在哪儿,我告诉他在我丈夫睡的床那一侧的床头柜里。这把枪还是上次你警告过斯坦利他的工作面临的危险后我们买的。"

她说后面这半段话的时候,直接看着沃琳。

"你不害怕他们会用枪杀了你吗?"博斯问,"为什么要告诉他们枪在哪里?"

艾丽西亚·肯特低下头看着自己的双手。

"我什么都没穿地坐在那里,确信他们会强奸我并杀了我。我想当时我觉得什么都不重要了。"

博斯点头表示理解。

"他们还问了你什么,肯特太太?"

"他们还想知道车钥匙在哪里。我告诉了他们,我说了他们想知道的一切。"

"是你的车吗?"

"是的,我的车,在车库里。我把钥匙放在厨房的柜子上了。"

"我检查了车库,是空的。"

"我听见车库的门响了——他们离开这儿以后。他们肯定开走了我的车。"

布雷纳突然站了起来。

"我们得把它找出来,"他突然打断道,"你能告诉我们车型以及车牌号吗?"

"是克莱斯勒三百。我记不得车牌号了,不过我能在我们的保险单上找到。"

布雷纳举起手阻止她站起来。

"没必要,我来查,我马上就打电话。"

他站起来走到厨房,以免干扰到他们的谈话。博斯回到他的提问上。

"他们还问了你什么,肯特太太?"

"他们要我家的相机,能和我们家电脑连接的相机。我告诉他们斯坦利有一部相机,可能在书桌的抽屉里。每次我回答了一个问题,那个问我问题的人就会翻译给另外一个人听,然后那个人就离开了房间。我猜是去找相机了。"

轮到沃琳站起来,走向通往卧室的走廊。

"蕾切尔,什么都别碰,"博斯说道,"我让现场处理组来了。"

沃琳挥挥手,消失了。布雷纳回到房间,对博斯点点头。

"协查通报已经开始运作了。"他说。

艾丽西亚·肯特问什么是协查通报。

"就是'实时监测',"博斯解释道,"他们会寻找你的车。那两个人接下来又做了什么,肯特太太?"

回答问题时她又开始泪眼汪汪了。

"他们……他们用那种可怕的方式捆住我,还用我丈夫的一条领带塞住我的嘴。然后其中一个拿着相机回到房间,另外一个拍了一张我被这样捆着的照片。"

博斯注意到她脸上由于屈辱而愤怒的表情。

"他拍了照片?"

"是的,就这样。然后他们就离开了房间。其中说英语的那个俯身在我耳边低声地告诉我说我的丈夫会来救我的,然后就离开了。"

在博斯继续提问以前,大家都沉默了好一会儿。

"他们走出卧室以后,马上就离开这房子了吗?"他问道。

那女人摇摇头。

"我听见他们说了一会儿话,然后听到车库的门响,轰隆隆的,像是地震一样。我感觉到两次——门打开然后又关闭。之后我觉得他们是离开了。"

布雷纳再次打断了他们的谈话。

"我在厨房的时候,想起听见你说其中一个人翻译给另外一个人听。你知道他们说的是哪一种语言吗?"

布雷纳的插话让博斯有点恼火。他打算要问入侵者所使用的语言这个问题，但是准备在谈话涉及某个方面的时候小心地提及。在以往的案例中，这个方法特别适用于那些精神受到创伤的受害人。

"我不能确定。说英语的那个人有口音，但我不知道他是从哪个地方来的，我想也许是中东。我觉得他们俩说的可能是阿拉伯语之类的。总之是外来语，带着很重的喉音，但我不知道这种语言是什么。"

布雷纳点点头，好像确认了什么。

"你还记得那个男人用英语问你或者说的其他什么吗？"博斯问道。

"没有了，就这么多了。"

"你说他们戴着面罩，什么样的面罩？"

回答这个问题之前，她想了一会儿。

"套头的那种，像我们在电影里看到的劫匪戴的一样，要不就是人们滑雪时带的那种。"

"羊毛滑雪面罩。"

她点头同意。

"是的，就是这种。"

"好，是两只眼睛连在一起的还是分别有两个洞的？"

"呃，分开的，我想。对，是分开的。"

"是不是嘴巴上也有一个洞？"

"嗯……是的，是有一个。记得看到那个人说其他语言的时候，我看到了他的嘴巴。因为当时我试着去听懂他们的谈话。"

"好，肯特太太。你说的已经很有帮助了。还有什么我没有问到的吗？"

"我不明白。"

"还有哪些细节是你记得而我没有问到的?"

她想了想,摇摇头。

"我不知道。我想我已经告诉你我能记得的所有情况了。"

博斯不太相信。他在脑子里用同样的信息从新的角度把她说的故事重演了一遍。这是一个行之有效的会谈技巧,能够引出新的细节,从来没有让他失望过。在第二遍描述中出现的最有意思的新信息就是那个会说英语的男人要她说出她的电子邮箱的账号密码。

"他要这个干什么?"博斯问道。

"我不知道,"艾丽西亚·肯特说,"我没问。他们要什么,我就给什么。"

在第二遍对于她所受折磨的描述快要结束的时候,法医组到了,博斯中断了他的询问。艾丽西亚·肯特仍旧坐在长沙发上,博斯和技术组回到主卧室,从那里开始检查。他走到房间的一个角落给他的搭档打电话。费拉斯汇报说,迄今为止在高地上未发现任何人听到或看到什么。博斯告诉他,什么时候等他结束挨家挨户敲门询问了,就去调查一下斯坦利·肯特所拥有的枪。他们得查出这支枪的制式和型号。很有可能他自己的枪就是那把杀死他的武器。

博斯合上手机时,沃琳从书房那里叫他。博斯看到她和布雷纳站在书桌后面看着电脑的屏幕。

"你来看这个。"沃琳说道。

"我告诉过你们,"他说,"别碰这里的任何东西。"

"我们可没有那么多的时间可以浪费。"布雷纳说,"看看这个。"

博斯绕过书桌来看电脑屏幕。

"她的电子邮箱还开着,"沃琳说道,"我打开发件箱。这是昨天晚上六点二十一分发给她丈夫的邮件。"

她按了一个按键，打开了从艾丽西亚·肯特的邮箱发给她丈夫的那封邮件。标题栏写着：

家里紧急状况：立即打开！

邮件正文插入了一张艾丽西亚·肯特四肢被捆、全裸着在床上的照片。显然，这张照片对任何人都会产生冲击，何况是一位丈夫。

照片下面是一段留言：

我们抓了你妻子。为我们拿到所有你能拿到的铯。用安全的容器装好，八点送到你家附近的穆赫兰高地。我们会一直监视你。如果你告诉任何人或是打电话，我们都会知道。后果就是你妻子会被强奸、拷打并被肢解。操作的时候采取预防措施。别迟到，否则我们会杀了她。

博斯读了两遍，确信他感受到了斯坦利·肯特肯定能感受到的那种恐惧。

"'我们会一直监视你……我们都会知道……我们会杀了她。'"沃琳说道，"没有缩写。'非常'这个字被拼错了①，句子的结构也很奇怪。我觉得写邮件人的母语一定不是英语。"

她说这话的时候，博斯在心中默念了一遍，知道她的分析是对的。

"他们就在这里发的留言，"布雷纳说，"那个丈夫在办公室或是他的 PDA 上收到这个——他有 PDA 吗？"

---

① 邮件中"并被肢解"一句的英文原文是"and left in to many pieces to count"，其中第一个"to"应为"too"，故说拼错。

博斯对这方面缺乏了解，他犹豫了一下。

"是一种个人数码设备，"沃琳提示道，"你看，就像一个有所有配置的掌上电脑或是电话。"

博斯点点头。

"我觉得是这样，"他说，"我们找到一个黑莓手机，看上去好像有迷你键盘。"

"那就行了，"布雷纳说，"无论他在哪里，他都能收到这条留言，可能也能看到这张照片。"

想象着这张照片带来的冲击，他们三个人都闭口不言。最后，博斯因为最初有所保留而觉得有点内疚，他首先开口。

"我刚想起，尸体上有一个姓名牌，来自山谷的圣阿加莎医院。"

布雷纳的眼睛一下子瞪圆了。

"你才刚刚想起这么重要的一条线索？"他怒气冲冲地说。

"是的，我忘——"

"现在没关系了，"沃琳插了进来，"圣阿加莎医院是一个女性癌症治疗所。铯仅仅被用来治疗子宫颈癌和子宫癌。"

博斯点点头。

"我们最好现在就去。"他说。

5

圣阿加莎女子医院位于圣费尔南多山谷北端的赛尔玛城。因为是深夜，所以他们很容易就开上了一七〇大道。博斯开着他的那辆野马，不时留心着油箱的指针。他知道，回城以前他得加油。车里只有他和布雷纳。沃琳得留下来陪着艾丽西亚·肯特，一方面继续询问，一方面安慰她。这是由布雷纳决定的。沃琳看起来好像对这个安排并不满意，但是布雷纳为了表明自己在两人搭档关系中的资格略胜一筹，根本不给沃琳争辩的机会。

在车上，布雷纳几乎一直都是在接电话或是打电话，要么和他的上司，要么和他的同事。从听到的信息来看博斯很明显可以判断出整个联邦机器正在整装待发，进入战斗状态。一个更大的警报已然响起。发给斯坦利·肯特的电子邮件让案件的重点更加集中，也让一度只是联邦调查局的好奇心忽然变得有意义了。

布雷纳终于合上了手机，把它放进夹克的口袋里。他轻轻地靠到椅背上，望着博斯。

"我已经叫了一个'老鼠别动队'前往圣阿加莎，"他说，"他们会进入那种物质的保险库展开调查。"

"老鼠别动队？"

"防放射性攻击组。"

"他们预计什么时间到达？"

"没问，不过他们肯定会让我们大吃一惊。他们有一架直升机。"

博斯的心被触动了。这意味着深夜在这座城市的某个地方有一支快速反应的队伍在守护。他想起自己这晚是怎样醒着等待出勤的电话。防放射性攻击组的成员一定也是在等着他们从不希望响起的电话吧。他又想到他听说的洛杉矶警察局自己的国土安全办公室在训练城市攻击战略。这让他很想知道哈德利警长是否也有一支"老鼠别动队"。

"他们会全面铺开，"布雷纳说，"国土安全部会在特区进行监督。今早九点会有个会议，到时候两边的每一个人都会参加。"

"到底哪些人？"

"有个草案，我们会找来国土安全部，JTTF①，所有的人。这将是一个涵盖所有部门的大杂烩，有NRC②、DOE③，还有RAP④的……谁知道呢，在这些人来之前，我们可能还要找FEMA⑤的人先搭建一个帐篷。联邦政府会陷入一片混乱的。"

博斯不知道这些缩写代表哪些部门，也不想知道。对他而言，这些都只意味着"联邦调查局"。

布雷纳仔细地审视着博斯。

"每个人，以及一些小人物——像我说的那样，一片混乱。如果我们打开了圣阿加莎医院的保险柜，发现铯已经没有了，那么我们

---

① JTTF，联合试验部队的简称。
② NRC，国家资源委员会的简称。
③ DOE，美国能源部的简称。
④ RAP，放射援助项目组的简称。
⑤ FEMA，美国联邦应急管理局的简称。

最紧要的任务就是在九点钟天塌下来之时，我们被华盛顿方面偷偷弄死之前找到它并弄回来。"

博斯点头同意。他觉得自己对布雷纳的判断也许错了，这位特工看起来就是想完成任务，而不是在官场的泥潭里冲上风口浪尖。

"那么在这场全面的调查中，洛杉矶警察局身处何处？"

"我已经和你说过，洛杉矶警察局还在，没什么能改变这个。你也还在，哈里。我猜，现在，我们的人和你们的人已经在搭桥进行沟通了。我知道洛杉矶警察局有自己的国土安全办公室。我肯定他们会参与进来。显然，我们需要所有这方面的人手。"

博斯瞥了布雷纳一眼，他看上去很认真。

"你和我们的国土安全办公室合作过吗？"博斯问道。

"偶尔，我们曾经在一些事情上交换过情报。"

博斯点了一下头，心里却觉得布雷纳要么有所隐瞒，要么就是天真到不清楚地方警察局和联邦调查局之间巨大的嫌隙。他注意到布雷纳称呼他的名字而不是姓，心想这是否是正在搭建的沟通桥梁之一。

"你说你在审核我。你和谁一起审核？"

"哈里，我们目前合作得很好，干吗要挑起事端呢？如果我有什么不对的地方，我道歉。"

"那么，你和谁一起审核我？"

"你瞧，我要告诉你的就是，我问了沃琳特工谁是洛杉矶警察局顶尖人物，她给了我你的名字。在路上我打了几个电话。他们告诉我你是一个很能干的警探，干这行已经三十多年了；几年前退休，但是你不太喜欢退休生活，于是又回来处理那些冷门的案子。回声公园那个案子你有点偏了，还把沃琳特工也扯了进去。你停职了几个月,让那事情——呃——过去。现在你又回来被分派到了特别重案组。"

"还有什么?"

"哈——"

"还有什么?"

"好吧,我听到的话是说你很难相处——特别是和联邦调查局的人。但是我得说,目前为止我没发现这个迹象。"

博斯估计这些信息大部分来自蕾切尔——他记得看到她打电话,还说是她的搭档。如果真是她这么说的,那他心里很失望。他也明白布雷纳也许隐瞒了其中的大部分内容。事实是他的确和联邦调查局的人发生了很多次争辩——这要追溯到他遇到蕾切尔·沃琳之前了——也许他在联邦调查局的资料有谋杀案的案卷那么厚。

沉默了一分钟左右之后,博斯觉得应该改变话题,于是开了口。

"和我说说铯吧。"他说。

"沃琳特工和你说了什么?"

"不多。"

"这是一种副产品。铀和钚原子裂变后产生了铯。切尔诺贝利核电站泄漏的时候,铯以粉末或是银色金属喷雾的形式扩散到空气中。他们在南太平洋进行核测试的时候——"

"我指的不是科学知识,我对科学不感兴趣。就告诉我们目前要处理的情况。"

布雷纳思考了一会儿。

"好吧,"他说,"现在我们要讨论的是已经变成了像一支铅笔和一块橡皮那么大的物质。然后它被装进一个密封的不锈钢钢管里。这个不锈钢钢管大约有一个四十五口径的子弹弹夹那么大。在治疗妇科癌症的时候，它要被放在女性的身体——子宫里——按照计算好的时间去对指定区域进行辐射。据说疗效既快又好。这个计算工作就是由像斯坦利·肯特这样的人来做的——运用物理学来决定需要多少剂量。然后他会去医院的热能保险柜把铯拿出来，亲自送去给操作室的肿瘤科医生。建立这个系统是为了让进行治疗的医生在尽可能短的时间内操作这一物质。因为外科医生在操作治疗程序的时候是没有任何保护的，所以他得控制自己暴露在辐射内的时间量。你懂我的意思吗？"

博斯点头。

"这些钢管能保护操作的人吗？"

"不能，能够阻止铯的伽马射线的唯一物质是铅。他们存放这种钢管的保险柜内衬就用的是铅。运输的设备也是用铅做的。"

"嗯。如果这种物质泄漏到外面，情况会有多糟糕？"

布雷纳回答之前思考了好一会儿。

"泄漏到外部世界取决于数量、传播方式和位置，"他说，"这些都是变量。铯的半衰期是三十年，一般来说，人们认为十个半衰期是它的安全边际值。"

"你让我搞不清楚了。最低限度是什么？"

"最低限度是放射危险每三十年减弱一半。如果你放一定数量的这种物质在封闭的环境中——比如一个地铁站或是一座办公大楼——那么这个地方就要被完全关闭三百年。"

听到这里，博斯吃了一惊。

"那么人呢？"他问道。

"这取决于传播方式和容量。高强度暴露在辐射里可能会在几个小时内置人于死地。不过，假如在地铁站通过简易爆炸装置散播，我猜测立刻死亡的人数是很小的。但是死亡人数不是重点。对人们来说，重要的是恐惧。在国内点燃一个这样的东西，最可怕的是它在整个国家引发的恐惧浪潮。假如在像洛杉矶这样的地方爆炸，那么，就无法挽回了。"

博斯只是点头，无话可说。

6

到了圣阿加莎女子医院,他们走进大厅找到接待员,要求见安全部负责人,得知安全部负责人只是白天在,不过她可以帮他们找到夜班安全主管。等待的时候,他们听见直升机降落在医疗中心前面长长的大草坪上。很快,由四名队员组成的防辐射小组走进来,每个人都穿着防辐射服,拿着一个防护面罩。小组的组长胸前的姓名牌上写着凯尔·里德,手里拿着一个便携式辐射监测仪。

后面两个径直走到前台的接待员那里。一个看起来像是刚刚从备用病房被叫醒的男子走过来在大厅里和他们打招呼。他说他叫埃德·罗莫,他的眼睛一直盯着队员们穿着的防辐射服。布雷纳向他出示了警徽,并开始主持工作。博斯没有反对。他知道他们现在所处的地盘,联邦调查局的特工最适合当先锋打前站,这样可以保持调查的速度。

"我们需要去热能实验室检查物质存储情况,"布雷纳说,"还需要看能够显示出谁在最近的二十四小时内进出的任何记录或是磁卡数据。"

罗莫没有动,他停顿了一下,像是在试图理解他面前发生的一切。

"这是要干什么?"最后他发问了。

布雷纳向他靠近了一步，缩短了两人之间的距离。

"我来告诉你要干什么，"他说，"我们需要进入肿瘤科的热能实验室。如果你不能带我们去那儿，那么就去找个能的人来。马上。"

"我得先打个电话。"罗莫说道。

"那好，打吧。我给你两分钟时间，之后我们会越过你直接去。"

他在说这些威胁话语的整个过程中，都微笑着点头。

罗莫拿出手机，离开人群去打电话。布雷纳允许他这样做。他看着博斯，讥讽地笑了笑。

"去年我到这儿来做过一次安全调查。他们的实验室只有保险柜和一把磁卡锁，就这么多，之后他们才更新了一下。但是，道高一尺魔高一丈。"

博斯点头同意。

十分钟后，博斯、布雷纳、罗莫和别动队的其他成员跨出了医疗中心地下室的电梯。罗莫的上司在来的路上，但是布雷纳没有等他。罗莫用一张磁卡进入了肿瘤科实验室。

实验室空无一人。布雷纳在入口的一张桌子上找到了库存清单和一本实验室日志并开始审阅。桌上还有一个小的监视器显示出保险柜的图像。

"他来过这儿。"布雷纳说。

"什么时候？"博斯问道。

"根据这个来看，七点。"

里德指了指监视器。

"这个有记录吗？"他问罗莫，"我们能看看肯特在这里的时候做了什么吗？"

罗莫看着那个监视器，他的表情好像第一次见到这个一样。

"嗯，不，这只是个监视器，"他终于说道，"谁会坐到桌边去看从保险柜里拿出来什么。"

罗莫指指远处实验室的那头，那里有个巨大的钢门。警告有放射性物质的三叶草形的标记被贴在眼睛能够平视的地方，还有一个写有英文和法文的标牌在旁边。

小心！
辐射危险
必须穿戴防护装备

博斯注意到那个门有一个键式密码锁和一个磁卡刷卡槽。

"这上面说他拿了一个铯源，"布雷纳边说边继续研究日志，"一管。一个运输箱。他拿铯源去伯班克医疗中心进行治疗。有这个病例，病人是汉诺威。库存还留有三十一件铯。"

"那么，这是你要的信息吗？"罗莫问。

"不是，"布雷纳说，"我们还要对这个库存进行物理检测。我们得进入安全室打开保险柜。密码是多少？"

"我没有密码。"罗莫说。

"谁有？"

"内科医生，实验室的负责人，安全负责人。"

"那安全负责人在哪儿？"

"我说过，他在来的路上。"

"打电话找到他。"

布雷纳指着桌上的电话。罗莫坐下。他按了电话的免提，凭着记忆拨打着号码。电话马上就接通了。

"我是理查德·罗莫。"

埃德·罗莫身体前倾对着电话，看起来他对明显地展现他们之间的裙带关系感到尴尬。

"呃，爸爸，我是埃德。联邦调查——"

"罗莫先生吗？"布雷纳插了进来，"我是联邦调查局的特工约翰·布雷纳。我想一年前我们见过，还讨论了一些安全问题。请问你现在离这儿还有多远？"

"二十到二十五分钟左右。我记得——"

"那还早呢，先生。我们需要现在就打开热能实验室的保险柜以确定库存量。"

"没有医院的许可你不能打开。我才不管谁——"

"罗莫先生，我们有理由相信这个保险库里的东西已经被移交到某些不在意美国人民的利益和安全的人手里。我们需要打开保险柜以确切地了解丢了什么以及还有什么。我们可没有时间再等二十到二十五分钟了。我已经向你的儿子出示了我的身份证明，现在有一支防辐射队伍就站在实验室里。先生，我们得马上行动。我们怎么才能打开保险柜？"

电话扬声器的那头沉默了几分钟之后，理查德·罗莫让步了。

"埃德，我猜你是用实验室桌上的电话打给我的吧？"

"是的。"

"那好，拉开左边最下面的抽屉。"

埃德·罗莫将座椅向后滑动开始研究桌子。在左上角抽屉上有一把钥匙锁，明显地锁住了左边三个抽屉。

"哪把钥匙？"他问。

"等等。"

在扬声器的那头传来一阵钥匙圈叮当晃动的声音。

"试试一四一四。"

埃德·罗莫从他的腰带上取下一个钥匙圈,一把一把地找,一直到看到一把贴着数字"1414"的钥匙。他把钥匙插进抽屉的锁孔里转动,最下面的抽屉打开了。罗莫把抽屉拉开。

"打开了。"

"好,抽屉里有一个活页夹。翻开找到有保险柜所在房间密码的那页。密码是每周都更换的。"

罗莫把活页夹拿在手里,开始翻开。他翻看的角度只能让他自己看到其中的内容。布雷纳走到桌子对面,粗暴地从他手里拿过文件夹。他把文件夹在桌上摊开,一页页地翻看着其中的安全数据。

"在哪儿?"他很不耐烦地对着电话扬声器说。

"应该在最后部分,清楚地标明是热能实验室的密码,但还有一组是伪装的,我们用的是上周的。这周的密码是错的,用上周的组合。"

布雷纳找到那一页,用手指顺着目录一项一项查找,终于找到上周的密码组合。

"好,找到了。里面的保险柜怎么办?"

"你还得使用磁卡和另外一组密码。这组我知道,不用换,是六六六。"

"初始密码。"

布雷纳把手伸向埃德·罗莫。

"把你的磁卡给我。"

罗莫没有反抗,布雷纳随之把磁卡递给了里德。

"那好,凯尔,行动吧,"布雷纳命令道,"这道门的密码是五六一八四,剩下的你也听到了。"

里德转过身指着其中一个穿防辐射服的队员。

"那里面很挤，就我和米勒进去。"

队长和他选定的第二个队员啪的一声戴上防护面罩，用磁卡和密码打开了保险库的大门。米勒拿着辐射检测仪，他们进入保险库后，关上了门。

"你知道吗，大家经常进到那里去，但是他们从来都不穿防护服。"埃德·罗莫说。

"那我替他们感到应幸，"布雷纳说，"你不认为现在情况有点儿不同了吗？我们不知道有没有什么物质已经被释放到这周围。"

"我只是说说而已。"罗莫用防卫的语气说。

"那帮个忙，什么都别说了，小伙子，让我们干活。"

博斯仔细地注视着监视器，很快发现了安全系统里的一个漏洞。摄像头安装在头顶上，但是当里德低头往安全系统里输入密码的时候，他挡住了摄像头的视野，使得摄像头根本拍摄不到他的动作。博斯心里知道即使是有人在那晚七点以前看着肯特走进了保险库，他还是能很轻易地藏起他带的东西。

在进入保险库不到一分钟之后，两个穿着防护服的人走了出来。布雷纳站了起来，那两人也没有拧下他们的防护面罩，里德看看布雷纳，摇摇头。

"保险库是空的。"他说。

布雷纳从口袋里掏出手机，还没等他拨打号码，里德跨过来，拿着一张从活页夹上撕下来的纸。

"这是剩下的全部库存。"他说。

博斯从布雷纳的肩膀那看过去。那是用墨水写的潦草的字迹，很难辨认。布雷纳大声地读了出来。

"我被监视着。如果我不这样做，他们会杀了我的妻子。三十二个铯源。上帝原谅我，我别无选择。"

7

博斯和联邦特工们无声地站立着。在肿瘤科实验室里，有一种几乎触手可及的恐惧感悬浮在空中。他们刚刚确认了斯坦利·肯特从圣阿加莎医院的保险库里拿走了三十二管铯，而且很可能已经交给了某些身份不明的人。随后，那些不明身份的人在穆赫兰高地上杀害了他。

"三十二管铯，"博斯说，"这会造成多大的损伤？"

布雷纳严肃地看着他。

"这我们得问科学界人士，不过我猜这些能帮他们达到目的，"他说，"如果外边有人想要传递个消息，这个消息会被很清晰地收到。"

博斯突然想到了一些不符合已知事实的东西。

"等一下，"他说，"斯坦利·肯特带的辐射指环显示没有泄漏。他怎么能把那么多的铯拿到那里，同时还没有点亮像圣诞树那么多的警报灯呢？"

布雷纳不屑地摇摇头。

"很明显他用了一只猪匣。"

"一只什么？"

"猪匣是他们用来称呼传送设备的。它看起来大体像一个装了轮子的铅拖把桶,当然,还有一个固定的顶部。看起来沉重,低矮,紧贴着地面——就像一只猪。所以他们叫这玩意儿猪匣。"

"那么他带着这么个玩意儿还能自由地出入这里?"

布雷纳指指写字台上的笔记板。

"在医院内部运送治疗癌症的放射源并没有不寻常,"他说,"他签字拿出去一个,最后却拿走了全部,这才是不寻常,但是谁会打开猪匣检查一下呢?"

博斯想起了他看到的保时捷行李箱底部的凹痕。车里曾经装了个重物,随后还被移走了。博斯知道那是什么了,它只是最坏情景的一个线索而已。

博斯摇了摇头,而布雷纳却以为他只是对于实验室的安全系统做了一个判断。

"我告诉你,"这位特工说,"去年我们来这里改进他们的安全系统之前,任何人,只要是穿着医生的白大褂,都能走到这儿从保险库里拿走想要的东西。安全系统形同虚设。"

"我可不是对他们的安全系统评头论足,我只是——"

"我得打个电话。"布雷纳说。

他离开人群,拿出他的手机。博斯也打算打个电话。他找了个隐蔽的角落,打给他的搭档。

"伊格纳西奥,是我。我刚刚办妥。"

"叫我伊格,哈里。你那儿发生了什么?"

"没什么好消息。肯特把保险库都拿空了,所有的铯都被拿走了。"

"不会吧?就是你说能制造出放射性炸弹的那种物质?"

"就是那玩意儿。看样子他是经过反复考虑后去做这事的。你还在现场吗?"

"是的，告诉你，我在这儿找到一个或许可以算是目击证人的孩子。"

"什么意思，'或许可以'算是目击证人？是谁，附近的一个邻居？"

"不是，这事有点古怪。你知道那座据说是麦当娜的房子吗？"

"知道。"

"好吧，她曾经的确拥有那座房子，但是现在不是了。我去敲那家的门，住在那儿的人说他没看见也没听见任何东西——我去敲的每户人家都这么说。然而，在我正要离开的时候，我发现这个家伙躲在院子里的那些大型盆栽树后面。我把他拽出来，呼叫了后援，你知道的，心想也许他是高地上的那个枪手。但情况并不是这样。他看上去就像一个孩子——二十岁，刚从来自加拿大的巴士上下来——以为麦当娜还住在这里。他弄了一张明星地图，上面标明她住在那儿。他还想着能见到她或是其他什么人——就像一个追星族。他是翻墙进入院子里的。"

"他看到枪杀了吗？"

"他声称既没看到也没听到什么，但我不知道，哈里。我在想那件事在高地发生的时候，他已经偷偷溜进麦当娜的院子里了。然后他躲了起来，等着她出现。只是我先发现了他。"

博斯在琢磨其中的某个情节。

"他为什么要藏起来？为什么他不早点离开那鬼地方？我们在枪杀发生的三小时后才发现尸体。"

"是，我明白。这个是讲不通。也许他只是害怕，或是认为如果他在尸体附近被发现就会被当作嫌疑人什么的。"

博斯点点头，这是一种可能性。

"你以非法侵入抓他的？"他问。

"是的，我和那个从麦当娜手里买了那房子的家伙谈过了，他愿意跟我们合作。如果我们需要，他会起诉。你就别担心了。我们能扣留他并且可以用这个在他身上使劲。"

"好。带他去市区，弄一个房间先给他热身。"

"明白，哈里。"

"对了，伊格纳西奥，别告诉任何人关于艳的事情。"

"好的，我不会的。"

费拉斯还没来得及再次让博斯称他为伊格，博斯已经合上了手机。他听到了布雷纳通话的结尾部分。显然，对方不是沃琳。他的举止和语气都不同。他是和一位上级在通话。

"根据这里的日志，是七点，"他说，"然后八点左右带着传送设备上了高地，所以我们现在要说的是从那个时间算起，要比我们领先了六个半小时了。"

布雷纳听了一会儿，有好几次想开口说话，都被电话那头的人打断了。

"是，长官，"最后他开口了，"是，长官。我们马上就回去。"

他挂了电话看着博斯。

"我得坐直升机回去。我要主持一个远程会议向华盛顿方面汇报情况。我本来想带上你，但是我觉得你还是从地面走赶上我们比较好。稍后我会让人去开我的车。"

"没问题。"

"是不是你的搭档找到了一个目击证人？我好像听到这个。"

博斯很想知道布雷纳在打电话时怎么能听到这个。

"也许吧，但是这听起来有点不可能。我马上去市区看看是怎么回事。"

布雷纳很严肃地点点头，然后递给博斯一张名片。

"如果你有什么消息，给我打电话。我所有的信息都在上面。不管什么，都打给我。"

博斯接过名片放进口袋里。他和联邦特工一起离开了实验室，几分钟后，他看着联邦调查局的直升机飞入黑暗的天空。他钻进自己的车里，驶离了医院的停车场，往南开。在开到高速公路之前，他经过了圣费尔南多路边的一个加油站。

现在开往市中心的车不算多，他把车定速在八十码。他打开音响，也没看是什么，就从驾驶台上拿了一张CD。第一首歌才出来五个音符，他就知道这是贝斯手罗恩·卡特引进的日本歌曲，很适合开车的时候听。他把声音开大了。

音乐帮他理顺了一些思绪。他意识到这案子的重点被转移了。至少，联邦调查局的人是在寻找丢失的铯而不是凶手。这其中有极其微妙的差别，但博斯却认为这很重要。他知道自己需要专注于高地上的事件，任何时候都不能忽略一个事实，那就是这是一个凶杀案的调查。

"找到凶手，就能找到铯。"他大声地说。

到达市区，他从洛杉矶大街出口出来，把车停在警察局总部前面的停车场。这个时候，没人在意他是不是大人物或者高层。

帕克中心已经快支撑不住了。新的警察总部被批准建设已经快有十年了，但是由于预算和政治上反复的拖延，这个工程进展缓慢。同时，现在的总部年久失修，没人为保住这栋大楼采取任何措施。新的大楼在建设中，预计要四年才能完成。在大楼里上班的很多人都怀疑是不是能撑到那个时候。

抢劫凶案组的办公室在三楼。博斯到那儿的时候，办公室里没人。他打开手机打给他的搭档。

"你在哪儿？"

"嗨，哈里。我在信息识别中心。我在找能找到的信息，这样可以把谋杀案的资料整合在一起。你到办公室了吗？"

"我刚到这儿。你把证人关在哪里了？"

"我把他放在二号房间煎熬呢。你想先开始审他吗？"

"兴许找个他不认识的审他会好些。一个老成点儿的。"

这是个微妙的建议。这个潜在的证人是费拉斯找到的。至少没有他的搭档默许，博斯不会企图抢走他的证人。但是目前的局面又表明，由像博斯这样有经验的人来进行如此重要的审问会更好。

"你去审他吧，哈里。我回来会到监控室观看。如果你需要我进来，给我一个信号就行。"

"行。"

"如果你需要，我还在队长的办公室煮了咖啡。"

"好，我需要。但你先和我谈谈证人吧。"

"他叫杰斯·米特福德，来自哈利法克斯[①]，是个流浪汉。他告诉我他搭顺风车来到这里，待在收容所，有时候天气暖和，就跑到山上。就这么多了。"

内容相当单薄，但算是个开始。

"也许他打算睡在麦当娜的院子里，这大概就是他没有溜走的原因了。"

"这我没问他，哈里，也许你是对的。"

[①]哈利法克斯（Halifax），加拿大新斯科舍省省会和最大城市。大西洋沿岸诸省中最大港口城市，是世界上第二大的自然深水港。

"我肯定会问他的。"

博斯结束了通话，从抽屉里拿出咖啡杯，走到抢劫凶案组队长的办公室。秘书的办公桌摆在前厅，那里还有一张放着咖啡机的桌子。他一进去，刚刚研磨出来的咖啡的香味就让他精神一振。这味道已经给了他需要充电的咖啡因了。他倒了一杯，扔了一块钱在篮子里，回到自己的办公桌前。

凶案组的办公室里面对面摆放着长长的几排桌子，这样可以让搭档们互相看见对方。这样的设计全然没有个人或是工作上的隐私可言。这座城市的其他大部分警探局都搬进了小隔间，小隔间还带有隔音和保护隐私的墙板，但帕克中心由于一直打算拆除，也就没有花钱在改善条件上。

博斯和费拉斯是凶案组新来的组合。他们俩相连的桌子被安置在一排桌子的最后，位于一个没有窗户的角落，空气循环很差，要是遇到像地震这样的紧急情况，他们离紧急出口最远。

博斯的工作空间整洁干净，同他离开的时候一样。他注意到搭档的桌上放着一个双肩背包和一个塑料证据袋。他走过去，先拿起背包。打开一看，里面主要装着一些属于那个潜在证人的衣物和私人用品，一本斯蒂芬·金的《看台》，还有一个装着牙膏牙刷的袋子。这是一个贫困的人所拥有的微薄的一切。

他把背包放回去，又去拿证据袋。里面放着少量的美金，一串钥匙，一个薄薄的钱包和一本加拿大护照，还有一张折叠的"明星之家"地图。博斯知道这种地图在好莱坞街头都有卖的。他打开地图，找到好莱坞湖上边穆赫兰大道旁的高地。在这个位置的左边标记了一颗黑色的星形，星里面还有数字二十三。这个地方被人用墨水笔打了个圈。他查了一下地图的索引，二十三号星写的是：麦当娜好莱坞的家。

这本地图显然没有及时更新麦当娜的动向，博斯怀疑这些星形的位置以及列出的名流列表是否准确。这就能解释为什么杰斯·米特福德会偷偷溜进麦当娜不再居住的房子了。

博斯叠起地图，把所有的东西放回袋子里，再放到搭档的桌上。他从抽屉里拿出一本法律手册和一份放弃权利声明书，站起来走到位于办公室背面走廊里的第二会见室。

杰斯·米特福德看上去比实际年龄要小。他有着深色卷曲的头发，象牙白的皮肤，下巴上满是胡子茬，这些胡子茬好像用了他一生的时间来长成。他的一条眉毛和一只鼻孔上分别穿着银环。被安排在一个小会见室里坐在一个小桌子边，他看上去紧张又害怕。房间里弥漫着一股体味，米特福德在不停地流汗，看样子就是他的味道。进去之前，博斯检查了一下走廊上的温度调节器，费拉斯把会见室的温度调到了八十二华氏度。

"杰斯，你好吗？"当博斯拉开他对面的空椅子坐下的时候问道。

"呃，不太好。这里挺热的。"

"是吗？"

"你是我的律师吗？"

"不，杰斯，我是警探。我叫哈里·博斯，是一名凶杀案警探，现在正在调查高地的这宗案子。"

博斯把他的法律手册和咖啡杯放在桌上。他注意到米特还戴着手铐。费拉斯做得不错，这样能让这孩子感到困惑、害怕，甚至担心。

"我告诉那个墨西哥警探我不想和任何人谈话。我只想找一个律师。"

博斯点点头。

"他是古巴裔美国人，杰斯，"他说，"不会给你找律师的。我们只向美国公民提供律师。"

这是谎话，但是博斯打算搏一下，他赌这个二十岁的孩子不懂这个。

"你惹上麻烦了，孩子，"他继续说道，"这和跟踪骚扰以前的男朋友或女朋友是一回事。不过跟踪一个社会名流还有其他的麻烦。这里是一个名人国家的名人镇，杰斯，我们得对我们的名流负责。我不知道你在加拿大那儿有什么，但是晚上你在这里做的事情会让你得到相当严厉的惩罚。"

米特福德摇摇头，就好像这样他能避开这个问题似的。

"但是我听说她不住在那儿了，我是说，麦当娜，所以我那时不算是骚扰她。这只能算是非法侵入。"

轮到博斯摇头了。

"这要看动机了，杰斯。你以为她可能会在那里。你有一张地图显示她在那里，还在上面画了个圈。从法律的角度来看，已经构成骚扰名人了。"

"那他们干吗要卖有明星家地址的地图啊？"

"既然酒后驾车是违法的，酒吧门前怎么还要有停车场？我们就不要玩这种游戏了，杰斯。问题在于，那张地图上根本没有说翻墙非法侵入他人领地是合法的，你懂我的意思吧？"

米特福德垂下眼睛看着自己戴着手铐的手腕，悲哀地点点头。

"我告诉你，话虽这样说，"博斯说，"你也可以高兴一点，因为事情往往没有看上去那么糟糕。现在你背上了骚扰和非法侵入的指控，但是我想如果你愿意和我们合作，我们可以帮你解决这些。"

米特福德身体往前靠了靠。

"但是我已经告诉那个墨西,就是那个古巴警探,我什么都没看到。"

过了好长一会儿,博斯才反应过来。

"我不管你是怎么告诉他的。你现在是和我打交道,孩子。我觉得你对我有所隐瞒。"

"没有,我没有。我向上帝发誓。"

在手铐能够允许的范围内,他用一种祈求的姿势打开双手。但博斯可不买他这一套。这孩子太嫩了,他撒的谎是骗不了博斯的。他打算开门见山地说。

"和我说点什么吧,杰斯。我的搭档人很好,在部门里算是见多识广。他当警探的时间和你身上乳臭干了的时间一样长。而我,我一直是四处转转,这也说明我见过很多骗子。有时候我都觉得我了解所有的骗子。而且,杰斯,我能判断,你现在就在对我撒谎,没人能骗得了我。"

"不!我——"

"那好,我给你三十秒的时间,要么告诉我,要么我带你到楼下登记进监狱。我敢肯定那里有个家伙在等你,他喜欢看你天没亮就在麦克风前唱《哦,加拿大!》。你看,这就是我说的对骚扰者的严厉惩罚。"

米特福德低头看着自己放在桌上的双手。博斯就这么等着,二十秒缓慢地过去了。最后,博斯站了起来。

"好吧,杰斯。我们走吧。"

"等等,等等,等等!"

"等什么?我说了站起来!我们走。这是一起谋杀调查,我可不想浪费时间在——"

"好吧,好吧,我告诉你。我看到了整个过程,行吗?我看到了所有的事情。"

博斯盯着他好一会儿。

"你是说高地上的?"他问,"你看到了高地上的枪击案?"

"是的,所有的一切,老兄。"

博斯拉开他的椅子又重新坐下。

8

博斯阻止了杰斯·米特福德继续说话，让他先签署了一份放弃权利声明书。现在米特福德被当作发生在穆赫兰高地上的谋杀案的目击证人，但这并不重要。因为不管他亲眼目睹的是什么，他看到这一切时自己正在从事犯罪活动——非法侵入和骚扰。博斯得确认在这个案子上没有任何纰漏。不能出现漏洞然后上诉，不能出现驳回，那样风险太高了，而且联邦调查局那帮人又都是马后炮，这都让他明白他不能出错。

"好吧，杰斯，"等弃权声明书签好，他说，"下面你要告诉我的是你在高地上看到和听到的一切。如果你说的可信并且有用，那么我会取消对你的所有指控，让你从这儿走出去的时候是个自由的人。"

严格来说，博斯在夸大他的权力范围。他是无权取消指控或是和犯罪嫌疑人做交易的。但在这件案子里他不需要这个，因为米特福德并没有受到任何指控。这是博斯能控制得了的。这其实就是语言艺术。博斯真正能做的是，不进入到指控米特福德的司法程序，以此换取这个年轻加拿大人的合作。

"我明白。"米特福德说。

"那记住，只是真相，只是你看到和听到的。没有其他内容。"

"明白。"

"举起你的双手。"

米特福德抬起手腕，博斯用自己的钥匙打开了他搭档的手铐。米特福德赶紧搓着手腕让血液重新流动起来。这让博斯想起早些时候蕾切尔帮艾丽西亚·肯特搓手腕的情景。

"觉得好些了？"他问。

"嗯，是的。"米特福德回答。

"好，那我们从头开始吧。告诉我你从哪里来的，打算去哪里，以及你在高地上确切看到的。"

米特福德点点头，从在好莱坞大道的路边摊上买的明星地图和他长途跋涉徒步上山开始，他带着博斯体验了那个二十分钟长的经历。他花了差不多三个小时的时间走路，这或许就是他身上散发气味的主要原因。他告诉博斯当他上了穆赫兰大道的时候，天差不多黑了，而且他也很疲惫。那幢地图上标示麦当娜住的房子里也是一片漆黑，看上去没人在家。他很失望，决定在长途跋涉之后休息一下，也想等等看稍后那位他想见的著名歌手是否会回家。他在灌木丛后面找到一个地方，这样他能靠在围住他的"猎物"（米特福德本人没有用这个字眼）家的外墙上等着。米特福德说他睡着了，直到有什么动静把他吵醒。

"是什么把你吵醒了？"博斯问道。

"声音，我听到了声音。"

"那声音说的什么？"

"我不知道，就是那个把我吵醒了。"

"你离高地有多远？"

"我不清楚。我想，大概有五十米吧。我离得很远。"

"你醒了以后他们说了什么，你听到多少？"

"没有了，他们不说了。"

"好，那你醒了的时候看到什么了？"

"不，我什么人都没看到。那里很黑。但是后来我又听到一个声音，是从那里传来的。黑暗中，听起来像是大喊。就在我看的这个时候，出现了两道快速的闪光和枪声，像是带着消音器的枪声。我能看到空地那儿有个人跪着，你知道的，在光闪过的那一刻。太快了，我就看到这么多。"

博斯点头。

"很好，杰斯。你做得很好。我们再来回顾一遍以确保我的理解正确。你在睡觉，然后声音传来把你吵醒了，你望过去，看到三辆车。我说得对吗？"

"是的。"

"好。然后你又听到声音，并往高地方向看去，就在那个时候有人开枪。这些都对吗？"

"对。"

博斯点点头，但他知道米特福德或许仅仅是在告诉博斯他想听到的东西。他得试试这孩子，以确保事情不是这样。

"现在，你说从枪口的闪光中你看到受害人倒下跪在地上，这个对吗？"

"不，不确切。"

"那么告诉我你确切看到的。"

"我觉得他已经跪在地上了。事情发生得太快，我没有看到你说的倒在地上跪下。我觉得他是已经跪下了。"

博斯再次点头。米特福德已经通过了第一次测试。

"好，很好。现在我们再来说一下你听到的。你说你听到在枪响之前有人大喊，这个对吗？"

"对。"

"好，那么这个人喊了什么？"

年轻人思索了一会儿，然后摇摇头。

"我不确定。"

"好，可以。我们不能说不确定的事情。现在让我们试试一个练习，看能否有所帮助。闭上你的眼睛。"

"什么？"

"就把眼睛闭上，"博斯说，"回忆一下你看到的。试着慢慢回忆画面，随后加上声音。你正看着那三辆车，然后一个声音把你的注意力吸引到了高地。那个声音是什么？"

博斯平静而舒缓地说着。米特福德跟着他的指导，闭上双眼。博斯耐心地等待着。

"我不敢肯定，"年轻人最终说道，"我听不完全。我觉得他像是在说'安拉'然后开枪杀了那个家伙。"

博斯一动不动地停了好一会儿，才反应过来。

"'安拉'？你是说阿拉伯语的'安拉'？"

"不确定，我想是吧。"

"你还听到其他什么吗？"

"没有其他了。枪声打断了他的话，你明白吗？他开始大喊什么'安拉'，然后枪声就淹没了剩下的声音。"

"你是说像'安拉阿克巴'，他喊的是这个？"

"我不知道。我只听到'安拉'这个部分。"

"你能不能判断他是否有口音？"

"口音？我不能，我只听到那一句。"

"英国的？还是阿拉伯的？"

"我真的判断不出来。我离得太远，而且只听到一个词。"

博斯思考了几分钟。他看过关于九一一事件中飞机黑匣子里的记录。在最后那一刻，恐怖分子大喊'安拉阿克巴'——上帝是万能的。杀了斯坦利·肯特的其中一个凶手是否也这么做了呢？

他再一次觉得需要谨慎严密。调查的大部分时间都用在米特福德认为他从高地那儿听到的那一个词上。

"杰斯，费拉斯警探在让你进这个房间以前是怎么和你说这个案子的？"

证人耸耸肩。

"他什么都没有告诉我，真的。"

"他没有告诉你我们在那儿查看什么或是这个案子的走向吗？"

"没有，一点儿都没有。"

博斯看了他一会儿。

"好，杰斯，"他终于说道，"接下来发生了什么？"

"枪击后，有一个人从空地跑到车子那儿。那里有街灯，我看得见他。他上了其中一辆车，倒车到离保时捷很近的地方。然后他打开行李箱，下车。保时捷的行李箱已经是开着的了。"

"他做这些的时候，还有一个人在哪里？"

米特福德看上去有点糊涂了。

"我猜他已经死了。"

"不是，我说的是第二个坏人。有两个坏人和一个受害人，杰斯。有三辆车，记得吗？"

博斯伸出三个手指头以提供视觉上的辅助。

"我只看到一个坏人，"米特福德说，"那个枪手。另外一个人留在保时捷后面的车子里。他一直都没有出来。"

"整个过程中他一直都待在另外那辆车里吗？"

"是的。事实上，在枪击之后，那辆车就掉头开走了。"

"那个司机在高地案发的整个过程中都没有出来吗？"

"我看到的时候没有。"

博斯思考了一会儿。米特福德的描述表明，在两个嫌疑人之间有明显的分工。这又反映出艾丽西亚·肯特之前对事情的描述：一个人对她进行提问然后翻译，再给第二个人指令。博斯假设在高地上的时候，那个会说英语的留在车里。

"好，"他又开口说道，"我们再回到案子上，杰斯。你刚才说枪击之后，一个人开车走了，另外一个倒车到保时捷边上并打开了行李箱，然后发生了什么？"

"他下车，从保时捷里拿了什么东西放在了另外一辆车的行李箱里。应该是很重，因为他花了很长一段时间。从他拿的样子来看，那东西的边沿有把手。"

博斯知道他形容的是用来运送放射性物质的猪匣。

"然后发生了什么？"

"然后他就回到车上，开车走了，保时捷的行李箱还开着呢。"

"你也没有看到其他人？"

"没有其他人，我发誓。"

"描述一下你看到的那个人。"

"我真的做不到。他穿着卫衣，还把兜帽也戴上了。我真的一直都没看到他的脸或是其他的部位。我觉得在帽子底下，他也戴着一个滑雪面罩。"

"你怎么会这么认为？"

米特福德又耸了耸肩。

"我不知道。好像就是这个感觉，也许我猜错了。"

"他的个头是大还是小？"

"我想他差不多中等身材吧，也许有点儿偏矮。"

"他看上去怎么样？"

博斯又尝试了一次，因为这很重要，然而米特福德还是摇了摇头。

"我看不到他，"他坚持道，"我很肯定他戴了一个面罩。"

博斯仍没有放弃。

"白人、黑人，还是中东人？"

"判断不出来。他戴着帽子和面罩，我离得太远了。"

"那回忆一下他的两只手，杰斯。你说过在他从一辆车搬运到另外一辆的东西上有把手的。你能看到他的手吗？他的手什么肤色？"

米特福德想了一下，他的眼睛一亮。

"不对，他是戴着手套的。我记得那副手套因为它们就像在回哈利法克斯的火车上工作的那些家伙戴的，很大的那种，有很长的袖边，结实耐用，防止烧伤。"

博斯点了点头。他一直想套出一件事，却找到了其他东西——防护手套。他想知道这是否是为了操作放射性物质专门设计的手套。他意识到自己忘了问艾丽西亚·肯特，那两个闯进她家的人是不是戴了手套。他希望蕾切尔·沃琳留下来陪她的时候能涉及所有的细节问题。

博斯停顿下来。有时候，对一个目击证人来说，沉默是最不容易的时刻。他们俩都毫无表情。

但是米特福德也没说什么。过了好长一段时间，博斯才继续发问。

"好,在保时捷旁边有两辆车。描述一下那辆倒到保时捷旁边的车吧。"

"我做不到,真的。我知道保时捷是什么样的,但判断不出其他的车。两辆都有点儿大,像是有四个门。"

"我们就说在保时捷前面的那辆。是不是四门车?"

"我不知道这种牌子。"

"不是,四门车是车的一种款型,不是牌子。四个门,带行李箱——像是警车那样的。"

"是,像那样。"

博斯想到艾丽西亚·肯特对于她那辆丢失车辆的描述。

"你知道克莱斯勒三百是什么样的吗?"

"不知道。"

"你看到的车是什么颜色的?"

"我不太确定,不过肯定是深色的,黑色或是深蓝色。"

"那另外一辆车呢?保时捷后面的那辆。"

"一样的,一辆深色的四门车。和在前面的那辆不同——可能有点儿小,嗯——但是我不知道是哪一种。抱歉。"

那孩子皱着眉,好像他不知道车的型号和品牌对他个人而言是个失败。

"没事,杰斯,你做得很好,"博斯说,"你说的非常有用。如果我给你看各种四门车的照片,你觉得你能认出这些车吗?"

"不行,我没看清楚。街灯昏暗,而且我离得太远了。"

博斯点了点头,但是并没有失望。他考虑了一下。米特福德的描述和艾丽西亚·肯特提供的信息是相符的。闯入肯特家的那两个人是需要交通工具才能到那儿的。一个开着原来的车,另外一个开着艾丽西亚·肯特的克莱斯勒三百运送铯。这看起来是很明显的事情。

他马上想到一个新问题来问米特福德。

"第二辆车离开的时候走的是哪条路？"

"他也是掉了个头，开下山了。"

"就这样？"

"就这样。"

"你接下来做什么了？"

"我，什么都没做，就待在原地。"

"为什么？"

"我害怕。因为我非常肯定自己刚刚看到有人被杀了。"

"你没有过去看看他是不是还活着并需要帮助？"

米特福德的眼睛从博斯身上转到别的地方，摇摇头。

"没有，我害怕。抱歉。"

"没关系，杰斯。你不用担心这个，他已经死了。在摔倒在地上之前他就已经死了。但是我一直很好奇，为什么你在那里藏那么久？为什么你不下山？为什么你不打九一一报警？"

米特福德抬起双手放在桌上。

"我不知道。也许，我害怕了。我按照地图上了山，那是我所知道的回去的唯一道路。我还是得从那儿走，我想，要是我正走到那儿，警察来了怎么办？我会被怀疑。我还觉得，假如这是黑社会或是其他什么人干的，因为我看到了一切，他们会找到我，杀了我或是别的什么。"

博斯点点头。

"我觉得你在加拿大看了太多的美国电视剧。你不用担心，我们会保护你的。你多大了,杰斯?"

"二十。"

"那么,你在麦当娜的房子那儿做什么?她对你来说,有点儿老了吧?"

"不,不是这样的。我是为了我妈妈。"

"你是为了你妈妈才骚扰她的?"

"我不是来骚扰她的。我只是想帮妈妈弄一张她的亲笔签名或者看看能不能搞到她的照片什么的。我就想寄点儿什么回去给妈妈。你知道的,告诉她我一切都好。我想,要是我告诉她我看到了麦当娜,我觉得没有比这更让人……你懂我的意思。因为妈妈听她的歌,所以我是听着麦当娜的歌长大的。我只是想给她寄点挺酷的礼物。她的生日快到了,我没有其他什么可以送她。"

"你为什么来洛杉矶,杰斯?"

"我不知道。这似乎就是我要来的地方。我本来希望能进一个乐队什么的,但是看起来大部分来这儿的人已经有他们自己的乐队了,我却没有。"

博斯觉得米特福德以歌手的身份流浪,可是他留在办公室的行囊里却没有吉他或是其他携带的乐器。

"你是个音乐人还是歌手?"

"我弹吉他,但是前些天我把它当了。我会赎回来的。"

"你住在哪儿?"

"我还没找到住处。昨天晚上我打算睡在山上的。我想这才是我在看到那边那个家伙发生什么之后没有离开的真正原因。我真的没有地方可去。"

博斯明白了。杰斯·米特福德和每个月几千名坐巴士或搭便车来到城市的人一样,梦想比心里的规划和兜里的现金要多,希望比拥有的圆滑、本事和智力要多。不是所有的失败者都会去骚扰那些成功者的，但是他们有一个共同点，就是都曾经生活在绝望的边缘。有一些人甚至在他们的名字被张贴在聚光灯下，在山顶买了房子之后也从未失去过这种回忆。

"我们休息一下吧，杰斯，"博斯说道，"我得打几个电话，然后也许我们还得再过一遍。你能接受吗？我来看看是不是能帮你开一个旅馆房间或是其他什么。"

米特福德点头表示同意。

"再想想那些车和你看到的那家伙，杰斯。我们需要你回忆起更多的细节。"

"我尽量，但是……"

他还没说完，博斯已经离开了房间。

在走廊里，博斯打开了会见室的空调，把它定在了六十四度。房间里会很快凉快下来，米特福德不会冒汗了，可能还会感冒——不过他来自加拿大，也有可能不会。等他凉快一会儿，博斯会展开新一轮的询问，看是否能问出什么新东西出来。他看了一下离自己最近的钟，差不多凌晨五点了，离联邦调查局组织的有关这个案子的会议还有四个小时。有很多事情要做，但他还有点时间和米特福德再努力一下。第一轮还是有些成果的，对他来说，没有理由不去相信第二轮可以得到更多。

出来到了办公室，博斯看到伊格纳西奥在他的桌边工作。他把椅子转过去脸朝内，在一个滑动的桌上的笔记本电脑上打字。博斯注意到桌上米特福德的财产已经被另外一些证据袋和文件夹所替代。这是从科学侦查部拿来的这案子两个犯罪现场的所有证据。

"哈里，抱歉我没去那里看你审问，"费拉斯说，"那孩子那儿有新消息吗？"

"我们掌握了一些东西，刚刚休息一下。"

费拉斯三十岁了，有一副运动员的体格。他的办公桌上有作为学院体能训练和测试顶尖者而获得的奖杯。他长得很帅气，深褐色的皮肤，剃着短短的平头，还有目光敏锐的绿眼睛。

博斯走到自己的办公桌前打电话。他打算再一次叫醒加德尔队长，给他最新的消息。

"你查到受害人的枪了吗？"他问费拉斯。

"是的，我从自动测试组织的电脑里查到的。六个月以前，他买了一把二十二毫米口径左轮手枪，史密斯威森牌的。"

博斯点点头。

"二十二毫米的差不多，"他说，"没有子弹出去的伤口。"

"子弹登记进来，没有登记出去。"

费拉斯的头发分得像电视里的广告推销员，他为自己说的笑话而笑着。博斯则思索着这个幽默背后的东西。斯坦利·肯特得到预警，会因为他的职业而遭到袭击。他的反应就是去买一支枪来自保。

现在博斯敢打赌，他买的那支枪就是用来对付自己了，被一个扣动扳机的时候呼唤安拉的名字的恐怖分子用来杀死他。这是个怎样的世界，博斯想，一个人能一边呼唤着他的上帝一边鼓起勇气对另一个人扣动扳机。

"没有好办法。"费拉斯说。

博斯望着两张桌子对面的费拉斯。

"我来告诉你，"他说，"你知道你在这个工作上发现了什么吗？"

"没有，是什么？"

"就是没有好办法。"

9

博斯走到队长办公室去续满咖啡。手伸进口袋里找第二枚硬币扔进篮子的时候,他摸到了布雷纳的名片。这让他想起布雷纳要求他及时告知是否有可能存在一名证人的事情。但是博斯刚刚向加德尔队长汇报了关于那个年轻的加拿大人在高地上的所见所闻,他们商量好即刻起对米特福德的事情严加保密。至少要等到早上九点的会议之后,才能决定对联邦调查局是公开还是继续保密。如果联邦调查局决定继续让洛杉矶警察局参与调查,那么这件事就在会议上公开,互通有无。作为能够继续参与调查的交换,博斯将在会上详细说明证人的情况。

同时,加德尔说他会通过管理层传递最新的消息。由于"安拉"一词突然出现在调查中,这一最新发现让他觉得,把案情越发严重的情况向上汇报,是他义不容辞的责任。

把咖啡续满后,博斯回到自己的办公桌前开始整理在谋杀现场和艾丽西亚·肯特被扣押的房子里搜集到的证据。在她被关的同时,她的丈夫却对歹徒们唯命是从。

既然已经熟知了在谋杀现场发现的大部分证据,于是博斯开始把斯坦利·肯特的私人物品从证据袋里拿出来检查。到了这个时候,这些证据都已经被法医检查鉴定过了，用手拿是被允许的。

第一件物品是医生的黑莓手机。博斯并不擅长使用数码产品，而且他也勇于承认这一点。他只会用自己的手机，那是最简单的款式，据他所知，那款手机只能拨打或接听电话，以及把号码存储到通讯录里，其他功能一概没有。这同时也意味着当他试着操纵这个高端一点儿的设备时，会手足无措。

"哈里，需要帮忙吗？"

博斯抬头看到费拉斯在对着他微笑。因为自己没有这种技能，他有点儿尴尬，但他不会因此不接受帮助，这样会把他个人的弱点转变成更糟糕的情形。

"你知道怎么操作吧？"

"当然。"

"它能接收电子邮件，对吧？"

"应该是的。"

博斯不得不站起来越过他们俩的桌子把手机递给他。

"大概昨天六点钟左右，肯特收到了妻子发给他的邮件，邮件还标上了紧急两个字，里面有她被绑在床上的照片。我想让你帮我找到这封邮件，看看能不能把那张照片打印出来。我想再看看这张照片，但是要比这个小屏幕上的大一些。"

博斯说话的工夫，费拉斯已经开始在黑莓手机上操作起来。

"没问题，"他说，"我只要把那封邮件转发到我的邮箱里，然后打开，就能打印了。"

费拉斯开始用拇指在手机那极小的键盘上打字。对博斯来说，这看起来像是孩子的玩具，就像他在飞机上看孩子们玩的那种。他不能理解为什么人们拼命地在自己的手机上打字。他确定这是某种警示，是一种文明或是人性衰退的征兆，但是他无法对自己的感受准确地给出合理的解释。数码世界一直被人们标榜为一个巨大的进步，但他对此仍持怀疑态度。

"好了，我已经找到那封邮件并转发给我了，"费拉斯说，"这要花几分钟时间，然后就能打印出来。还需要什么？"

"能显示他打了哪些电话以及哪些电话打进来吗？"

费拉斯没有回答，径直在电话上操作起来。

"你想查到什么时候的？"他问道。

"暂时就查——到昨天中午的，如何？"博斯回答道。

"好，我打开了显示屏。你想让我告诉你怎么弄这玩意儿，还是你就想要那些电话号码？"

博斯站起来，绕过一排桌子，走到他搭档的身后去看手机那小小的屏幕。

"先给我看个大概，稍后我们再把整页的记录下来，"他说，"但是如果你想教我的话，我们就只能永远停在这儿了。"

费拉斯笑着点点头。

"嗯，"他说，"如果他是拨打或是接听通讯录里某个号码的来电，那么显示的就是在通讯录里和这个号码关联的名字。"

"明白了。"

"这上面显示的很多电话是他打给或是来自办公室和各家医院的，还有通讯录里的名字——可能是和他一起工作的医生——都是那天下午的电话。有三个电话是来自一个叫'巴里'的，我猜是他的搭档。我上网查了一下州实体在线，看到一个叫 K&K 的诊所，是肯特和一个叫巴里·凯博的人合伙开的。"

博斯点了点头。

"好，"他说，"这倒提醒了我，我们今天早上的第一件事情就是去和这个搭档谈谈。"

博斯俯身越过费拉斯的办公桌去够他自己办公桌上的记事本，然后在本子上写下巴里·凯博的名字，而费拉斯则继续翻看着手机的通话记录。

"现在，我们看到六点之后他开始轮番拨打他家里和妻子的手机。我觉得是没人接听，因为这里有他在三分钟内拨打了十次的记录。他不断地拨打。这些都是在他收到从他妻子账户发来的紧急电子邮件之后发生的。"

博斯脑海中事情的面貌开始一点点充实起来。肯特在进行日常的工作，处理着他熟悉的人和地区的各种电话，然后他收到了来自妻子账户的电子邮件。他看到了附件中的照片，开始不停地给家里打电话。她没有接听，这让他更为担忧。最后，他出门按照电子邮件指示他的去做。但是，虽然他尽力按照指示去做，他们还是在高地上杀了他。

"那么，哪里出了问题？"他大声地问。

"你指什么，哈里？"

"在高地上。我始终不理解为什么他们要杀了他。他按照他们要求的做了。他交出了他们要的东西。哪里出了问题呢？"

"我不知道。或许是因为他看到了他们其中一个人的脸，所以杀了他。"

"证人说枪手当时是戴着面具的。"

"唔，也许哪里都没有出问题，也许就是计划要杀了他。他们做了消音器，你记得吗？那家伙大喊'安拉'的样子听起来不像是哪里出错了，更像是计划的一部分。"

84

博斯点点头。

"那么假如这是计划好的，为什么他们要杀了他而不是她？为什么要留下一个证人？"

"我不知道，哈里。是不是那些极端的穆斯林分子有关于不能伤害女人的条律？比如不能进入极乐世界或是天堂，或是他们称为其他什么的？"

博斯没有回答这个问题，因为他也不了解他的搭档笼统说出的这些文化风俗，但是这个问题又凸显出他在这个案子上是如何的不得要领。他一直习惯去追踪那些被贪婪、色欲或是七大原罪①的任何一种所驱使的凶手，而宗教极端主义却不在其中。

费拉斯放下了黑莓手机，回到自己的电脑前。和很多警探一样，他喜欢用自己的笔记本电脑，因为部门提供的电脑老旧而缓慢，大部分机器携带的病毒比好莱坞布尔瓦的妓女身上的还要多。

他保存了先前工作的文件，打开了他的电子邮箱。从肯特账户里转发的邮件已经到了。费拉斯打开了邮件，在看到附上的艾丽西亚·肯特赤身裸体被绑在床上的照片时，忍不住吹起口哨来。

"哇，应该的。"他说。

意思是他能理解为什么肯特要交出铯了。费拉斯结婚不到一年，快要有个孩子了。博斯才刚刚开始了解他这个年轻的搭档，但也已经知道他深爱着自己的妻子。在他的办公桌玻璃板下面有新婚妻子的各种照片。而在博斯的工作台玻璃板下面是一些被谋杀的受害人的照片，凶手还未被缉拿归案。

---

① 七大原罪，又称七宗罪，正式译名为七罪宗，属于人类恶行的分类，并由十三世纪道明会神父圣多玛斯·阿奎纳列举出各种恶行的表现。分别是傲慢、妒忌、暴怒、懒惰、贪婪、贪食及色欲。

"帮我打印出来，"博斯说，"如果可以，再放大。然后继续摆弄那部手机，看看还能发现什么其他的东西。"

博斯回到自己的办公桌边坐下。费拉斯把邮件和照片放大，用办公室后面的一台彩色打印机打印出来。他走过去取打印件，然后递给博斯。

博斯已经戴上了他的老花镜，但还是从一个抽屉里拿出一个矩形放大镜。这个放大镜是他发现自己的眼力没办法再做细微观察时买的。当办公室里挤满了其他警探时，他是不会用放大镜的。他不想给其他人留下奚落他的把柄——无论是打趣还是别的。

他把打印件放在桌上，用放大镜俯身去看。他最先研究的是把那个女人的四肢绑在身后的捆绳。歹徒用了六个子母扣的绳结，在每一个手腕和脚踝处套上一个扣，然后用一个绳扣连接手腕上的扣，一条连接脚踝上的，再把最后两个绳扣扣上。

用这样的方式来捆住一个女人的手脚，看起来过于复杂了。假如让博斯来把一个或许是正在挣扎的女人五花大绑，他绝对不会采用这种方法。他会用更少一点的绳子，做起来既简单又迅速。

他不太确定这意味着什么或者是否意味着什么。也许艾丽西亚·肯特根本就没有挣扎，而为了回敬她的合作，抓她的人用这种特别的捆法，就为了让她被绑在床上的时候好过一点。在博斯看来，用这种捆绑方式意味着其实根本不需要把她的手脚扯到她身后，而他们却这么做了。

他还记得艾丽西亚·肯特手腕上的瘀伤，这让他意识到，不管怎么样，她赤身裸体、四肢被捆扔在床上的这段时间肯定不好过。他决定了，通过研究照片他现在唯一能确定的事情就是他需要和艾丽西亚·肯特再次好好谈谈，把发生的事情的准确细节再重温一遍。

在笔记本新的一页上，他写下关于捆绳的问题。他打算在这一页剩下的空白处增添更多的问题，为接下来和她最终的面谈做准备。

在研究那张照片时，再没有其他的问题出现在他脑子里。结束后，他收好放大镜，开始浏览谋杀现场的法医报告。同样，里面没有什么引人注意的疑点。他很快转到肯特家的报告和证据上。因为当时他和布雷纳很快离开了他家，赶往圣阿加莎女子医院，科学侦查部的技术人员搜寻歹徒留下的证据的时候，博斯并不在那里。他急切地想知道，假如有东西的话，到底是什么。

然而，只有一个证据袋，里面装着黑色塑料绳扣。这些绳扣被用来捆住艾丽西亚·肯特的手腕和脚踝，而蕾切尔为了解救她还弄断了这些绳子。

"等一下，"博斯举起那个透明的塑料袋说道，"这是他们在肯特家里装进去的唯一证据吗？"

费拉斯抬起头来。

"他们就给了我这一袋。你有没有检查证据记录？应该在那里面的。或许还有一些证物正在处理吧。"

博斯翻了一下费拉斯拿到的文件，找到了法医证据记录。技术人员从案发现场拿走的每一样物品都会被登记在记录里。这样有助于顺着证据链进行追踪。

他找到了记录，注意到记录上包含着技术人员从肯特家拿走的几样物品，大部分是细小的毛发和纤维样本。可以预见的是，谁也说不准这些样本是否和犯罪嫌疑人有关。但是在那么多年的职业生涯中，博斯还没遇到过如此完美无瑕的案发现场。当一宗犯罪发生的时候，罪犯总会在现场留下痕迹——不管多细小。这是一条基本的自然法则，简单而平实。总是会有一处变化。只是看警方能否发现记录中，每个绳扣都被单独列上，下面是从主卧的地毯上到客房的下水道存水弯里提取的毛发和纤维样本。办公电脑的鼠标垫和主卧床底下发现的尼康相机的镜头盖也都在上面。列表上最后一条记录让博斯最感兴趣。这条证据只简单地描述为：一段香烟灰。

博斯不明白一段香烟灰作为证据的价值是什么。

"参与肯特家搜寻的科学侦查部的还有人在吗？"他问费拉斯。

"半小时前，"费拉斯答道，"巴兹·耶茨和那个我记不得名字的女人在。"

博斯拿起电话打到科学侦查部办公室。

"科学侦查部，耶茨。"

"巴兹，我正要找你。"

"你是哪位？"

"哈里·博斯。你去肯特家干的活儿，和我说说你收集的那段香烟灰的情况吧。"

"哦，好。那是一段烧得只剩下灰的香烟。是在现场的联邦调查局的特工要我收集的。"

"烟灰在哪儿发现的？"

"她是在客房卫生间的坐便器水箱上发现的。像是有人小便的时候把他的烟忘在上面了。它就一直烧到完为止。"

"她发现的时候就只剩下烟灰了吗？"

"对。一段灰色的毛毛虫。但是她想让我们替她收集起来。她说他们那里的实验室也许能够做个什么——"

"等一下，巴兹。你把证据给她了？"

"唔，有那么一点儿。是的，她——"

"'有那么一点儿'是什么意思？你是给了还是没给？你有没有

把从我的犯罪现场收集到的香烟灰给了沃琳特工？"

"给了，"耶茨承认道，"但没有什么值得讨论和确认的，哈里。她说联邦调查局的实验室可以通过分析这些烟灰来断定烟草的类型，这样他们可以找到原产国。像这样的实验，我们可做不了，哈里。我们甚至都不能碰一下。她说这对调查来说很重要，因为这可能涉及境外的恐怖分子。所以我就同意了。她还告诉我说有一次她调查了一宗纵火案，就是通过在现场找到了点燃大火的香烟的灰。"

"然后你就相信她了？"

"嗯……是的，我相信她了。"

"所以你就把我的证据给了她。"

博斯说这话的时候用的是一种无可奈何的语气。

"哈里，这不是你的证据。我们是一起工作的团队，不是吗？"

"是的，巴兹，我们是。"

博斯挂断了电话，咒骂起来。费拉斯问他怎么了，对这个问题他只是摆摆手。

"典型的狗屁官话。"

"哈里，接到叫你出勤的电话之前，你有没有睡上一觉？"

博斯看着桌子对面的搭档。他非常清楚费拉斯问这话的意思。

"没有，"他回答道，"我当时醒着。但是缺乏睡眠和我对联邦调查局的火气无关。我做这行的时间比你的岁数都大。我知道怎么对付睡眠缺失。"

他举起自己的咖啡杯。

"干杯。"他说。

"这还是不太好，伙计，"费拉斯回应道，"看样子，你的屁股都快要抬不动了。"

"别替我担心。"

"好吧，哈里。"

博斯再次回到烟灰的思绪上。

"那些照片呢？"他问费拉斯，"你拿到在肯特家拍的那些照片吗？"

"是的，都在这儿呢。"

费拉斯翻翻他办公桌上的文件，找到有照片的文件夹递了过去。博斯仔细地查看着，找到了在客房拍的照片，一张全景，一张从坐便器这边的角度拍摄水箱盖上的一段灰烬，还有一张是特写，用巴兹·耶茨的话来说，灰色毛毛虫。

他把这三张照片摊开，再把放大镜拿出来仔细研究。在特写的那张照片上，拍摄的人在水箱盖上放了一把六英寸长的尺子以表明比例。那个烟灰差不多有两英寸那么长，几乎是一整支的香烟。

"发现什么了吗，福尔摩斯？"费拉斯问道。

博斯抬起头来，看见他的搭档在微笑。博斯没有回以微笑，心想，以后即使是在搭档面前也不能毫无顾忌地使用放大镜了。

"还没，华生。"他回答道。

他想这样说也许会让费拉斯安静一点儿。没人想当华生的。

他继续研究有坐便器的那张照片，注意到坐便器的盖子是翻起来的。这就表明是一个男性使用了卫生间小便，而香烟灰进一步表明它属于其中一个歹徒。博斯看到坐便器上边的墙上有一个冬景的相框。光秃秃的树和铁灰色的天空让博斯想到纽约或是东部某些地方。

这张照片又提醒了博斯，让他想起一年前他还在悬案调查组的时候他结束的一个案子。他拿起电话再次打给科学侦查部。是耶茨接的，博斯要找在肯特家寻找隐形指纹的那个人。

"稍等。"耶茨说。

很显然，耶茨还在为早些时候的电话而恼火，他耗了一会儿才找到那个查指纹的人来接电话。博斯拿着电话等了大概有四分钟，这期间，他一直在用放大镜察看在肯特家拍摄的照片。

"我是威蒂格。"最终传来了一个声音。

在之前的案子里，博斯已经认识她了。

"安德莉亚，我是哈里·博斯。我想问问关于肯特家的事情。"

"你想知道什么？"

"你有没有用激光扫一遍客房的卫生间？"

"当然了。你是指在他们找到烟灰的地方和座位上面吗？是的，我都扫了一遍。"

"有什么发现？"

"没有，什么都没有。都被擦掉了。"

"坐便器后面的那堵墙呢？"

"是的，那儿我也检查了。什么都没有。"

"我就想知道这些。谢谢，安德莉亚。"

"不客气。"

博斯挂断电话，继续盯着照片上的烟灰。关于这截烟灰，似乎有什么困扰着他，但他不能确定是什么。

"哈里，你刚才问的坐便器后面墙上的什么？"

博斯看看费拉斯。这个年轻的警探被上面派给博斯做搭档，一部分原因是有经验的警探能够指导那些缺乏经验的。博斯决定放下夏洛克·福尔摩斯造成的嫌隙，给他说一个故事。

"大约三十年前，在威尔夏有个案子。一个女人和她的狗被发现淹死在浴缸里。整个现场都被擦得很干净，但是线索被留在了坐便器上面。这引导他们去寻找一个男人。坐便器被擦干净了，但是在坐便器后面的墙上他们发现了一个手掌印。那家伙小便的时候把手撑在墙上。通过测量手掌的高度，他们能算出那家伙的身高，而且，还知道那家伙是个左撇子。"

"怎么知道的？"

"因为在墙上的手印是一个右手掌印。他们推断出那家伙小便的时候用他惯用的手拿着他那玩意儿。"

费拉斯点头表示同意。

"然后他们拿这个掌印和疑犯的相比对？"

"是的，但那是在三十年后。去年在悬案部的时候我们才解决的。那个时候数据库里的掌纹不多。我和我的搭档偶然发现，然后把这个掌印输入计算机。结果找到了。我们在茫茫一万个掌纹中追踪到了那家伙，然后去抓他。在我们逮捕他之前，他拔出一把枪自杀了。"

"哇哦。"

"是的。你知道吗，我一直觉得这很古怪。"

"哪个？他自杀吗？"

"不，不是那个。我在想我们在一万个掌纹中找到他的掌印，这还真有点儿古怪。"

"哦，是的。有点儿讽刺的味道。那你没抓到机会和他谈谈？"

"没有。但是我们确定是他干的。我觉得他在我们动手逮捕他之前自杀是一种认罪。"

"不，哦，当然是的。我刚才只是想说要是我，我就想和那家伙谈谈，问问他为什么还要杀了那条狗，仅此而已。"

博斯盯着搭档看了一会儿。

"我认为假如我们谈了，我会更有兴趣问他为什么杀了那个女人。"

"嗯,我知道。我刚才只是在想,为什么要杀那条狗,你知道吗?"

"也许他觉得那条狗能够认出他来。比如那狗认识他,如果他出现,那狗会有反应。他不想冒这个险。"

费拉斯点了点头,好像接受了这个解释。博斯已经说得很明白了。在调查期间,关于那条狗的话题再也没被提起过。

费拉斯回到了自己的工作上,而博斯则靠在椅子上,思考着眼前这个案子的情况。这个时候,他脑子里各种想法和问题乱成了一团。而且,为什么斯坦利·肯特会被杀再次成为他思考的最突出的问题。艾丽西亚·肯特说过,那两个抓住她的人戴着滑雪面罩。对于博斯来说,这又引起一系列的问题:假如受害人都不能认出你来,为什么要对他开枪?既然这个计划就是要杀了他,那为什么还要戴着面罩?他猜测戴着面罩可能是一种策略,让肯特放心地跟他们合作,误以为自己会没事。但是这个结论对他来说好像还是感觉不对劲。

他再一次把这些问题撇在了一边,觉得自己还没有足够多的信息去妥善地解决它们。他喝了几口咖啡,准备去对付在会见室里的杰斯·米特福德。但他先掏出了手机。自从回声公园那个案子以来,他一直保存着蕾切尔·沃琳的号码,也从来没有打算删除过。

他按键拨打她的号码,心里做着联系不上她的准备。虽然电话通了,但是他听到的是她的电话录音,要他在嘟嘟声之后留言。

"我是哈里·博斯,"他说,"我需要和你谈一谈,把我的香烟灰还给我。那是我的案发现场。"

他挂了电话。他知道这条留言会让她很恼火,甚至会让她愤怒。他也知道自己是不可避免地走向和蕾切尔以及联邦调查局对抗的道路,或许这根本没有必要而且很容易避开。

但是博斯不会让自己就这么走开，就算是为了蕾切尔和他们曾经拥有的记忆，为了一个将来能和她在一起的希望。而这个希望他一直都藏着，就像手机深处的一个号码。

10

博斯和费拉斯迈出了马克·吐温酒店的前门，审视着这个早晨的景色。天空开始微微透着光，混浊的灰色海水一层层卷过来，使街道上的阴影更深了，让这座城市看上去像是一座幽灵之城。这一切对博斯来说很不错，因为这和他的世界观一致。

"你觉得他会留下来不走吗？"费拉斯问道。

博斯耸了耸肩。

"他现在无处可去。"

他们刚刚用一个叫斯蒂夫·金的假名安排证人入住一家酒店。杰斯·米特福德已经成了很有价值的人物。他是博斯的杀手锏。虽然他还不能对那个枪杀斯坦利·肯特并拿走铯的人进行描述，但是米特福德已经可以让调查人员清晰地掌握发生在穆赫兰高地上的事情。假如调查最终导向逮捕和审判的话，他也会派上用场的。他的经历可以被用来作为犯罪叙述。检察官可以用他为陪审团回顾各个细节，无论他是否能够认出那个凶手，这都会让他变得有价值。

博斯在和加德尔队长商量之后，他们觉得不能让这个年轻的流浪者失去踪影。加德尔同意给米特福德在马克·吐温酒店入住四天提供费用。到那个时候，这个案子何去何从，前景会更加清晰。

博斯和费拉斯钻进早些时候费拉斯去车库领的维多利亚皇冠车，沿着威尔科克斯前往日落大道。博斯负责开车。在红绿灯处，他拿出了手机。蕾切尔·沃琳一直都没有打来电话，于是他拨打了她的搭档给他的号码。布雷纳立刻就接了电话，博斯谨慎而谈。

"只是确定一下，"他说，"我们还有资格参加九点的会议吧？"

在和布雷纳通报最新情况之前，他想确定他依旧是有权参与调查的。

"哦，是的……是的，我们还是会有会议的，不过推迟了。"

"到几点？"

"我想是十点吧。我们会通知你的。"

听起来是否让警察局的人来开会似乎还没有敲定。他决定对布雷纳施加一些压力。

"具体在哪儿？在情报处？"

通过之前和沃琳一起共事，博斯知道情报处在外面一个秘密的处所。他想看看布雷纳会不会耍滑头。

"不，在市区的联邦大楼。十四楼。问一下恐怖主义情报处会议。那个证人有用吗？"

博斯决定在他对于自己的地位有更清晰的了解之前，还是把底牌藏好。

"他在远处看到了枪击，然后看到了换车。他说就一个人做了这一切，杀了斯坦利·肯特，然后把猪匣从保时捷里移到了另一辆车的行李箱。另外一个人等在别的车里看着。"

"他看到车牌号了吗？"

"没，没有车牌号。可能肯特先生的车就是换乘的那辆。这样他们不会在自己的车里留下铯的痕迹。"

"他看到的嫌疑人呢？"

"我说过，他无法识别。那人一直戴着滑雪面罩。除了这个，什么都没有。"

布雷纳在做出反应之前停顿了一下。

"太糟了，"他说，"你们怎么处理他的？"

"那孩子吗？我们让他离开了。"

"他住哪儿？"

"加拿大，哈利法克斯。"

"博斯，你知道我问的什么。"

博斯注意到他语气上的变化，以及直接称呼了他的姓。他觉得布雷纳不是随意地问问杰斯·米特福德的确切住址。

"他在这里没有住址，"他回答道，"他是个流浪汉。我们在日落大道丹尼饭店那儿让他下的车。他想去那儿。我们给了他一张二十块的钞票买早餐。"

博斯感觉到他撒谎的时候费拉斯在瞪着他。

"你能不能先别挂断，哈里？"布雷纳说，"我有个电话要进来，可能是从华盛顿打来的。"

博斯留意到，对方又开始称呼他的名字了。

"当然，杰克，我可以挂断电话。"

"不，呼叫保持。"

博斯听到电话那头传来音乐声，他转过头看看费拉斯。他的搭档开始发话。

"为什么你要告诉他我们——"

博斯在嘴唇边竖起了食指，费拉斯不说话了。

"等一会儿。"博斯说道。

半分钟过去了,博斯还在等。电话那头开始传来萨克斯风版的《多么奇妙的世界》。博斯一向喜欢类似关于黑暗神圣夜晚的曲调。

绿灯最终亮了,博斯把车开到了日落大道。这个时候,布雷纳的电话也进来了。

"哈里,还在吗?抱歉,是从华盛顿打来的。你可以想象,他们都在关注这件事情。"

博斯决定把事情挑明了。

"你那边有什么新闻?"

"不多。国土安全部派出了一队直升机,上面装备着可以追踪辐射痕迹的设备。他们从高地开始搜寻,试图捕捉到铯特定的信号。但前提是铯得从猪匣里被取出来,他们才能找到信号。与此同时,我们正在组织一个情况通报会议以保证所有人员行动一致。"

"这就是我们的政府所做的一切?"

"哦,我们才刚开始组织。我告诉过你会怎么样的。许多以字母简称命名的联邦机构都会参与进来。"

"对,你称之为大杂烩。联邦调查局很善于这样做。"

"不是,我肯定没能说出所有的情况。但总得有个熟悉的过程,我觉得开过会之后我们肯定能够全力去对付这件事。"

博斯现在确定他明白了,事情已经发生了变化。布雷纳这种防卫性的反应告诉他这次通话要么被录音了,要么是有别的人在监听。

"离开会还有几个小时,"布雷纳说,"你下一步要做什么,哈里?"

博斯犹豫了一下,不过时间不长。

"我打算回到他家和肯特太太再谈谈,还有一些后续问题要问。然后我们要去西德斯的南楼。肯特的办公室在那儿,我们需要去看一下,然后和他的合作伙伴谈谈。"

对方没有反应。博斯开到了日落大道丹尼饭店。他把车开进车位，停下来。透过窗户，他能看到这个二十四小时营业的饭店大部分都是空位。

"你还在吗，杰克？"

"呃，是的，哈里，我在。我要告诉你那可能没什么必要，就是你去肯特家，再去他的办公室。"

博斯摇摇头，我知道，他心里说。

"你已经抢先把每个人都找了一个遍，不是吗？"

"不是我的命令。不管怎么说，据我所知，办公室那里没什么痕迹，我们正在那儿询问肯特的合作伙伴。安全起见，我们还把肯特太太请来。现在也在和她谈呢。"

"不是你的命令？那是谁的命令呢，蕾切尔的？"

"我可不想和你争辩这个，哈里。"

博斯关了汽车的引擎，思考着该怎么回答。

"唔，那么也许我和我的搭档应该开车直接去市区的恐怖活动情报处。"他最终说道，"这还是一宗凶杀案调查。我最后也听到，我还在参与其中。"

布雷纳回答之前，经过好长一段的沉默。

"听我说，警探，这宗案子的范围在不断扩大，你已经被邀请参加情况通报会议，是你和你的搭档。到了那个时候，你会得到凯博先生说的最新情况和其他一些事情。假如凯博先生还在那儿的话，我会尽最大可能让你和他对话。同时也和肯特太太。但是有一点很清楚，在这里，最重要的是这不是一宗凶杀案。它的重点不在于找到谁杀了斯坦利·肯特，而在于找到铯，我们现在已经落后了将近十个小时。"

博斯点点头。

"我有种感觉——假如你找到了凶手,你就能找到铊了。"

"可能是,"布雷纳回应道,"但以往的经验是,这东西转移得非常快,都是直接经手。这种调查需要快速的反应。这是我们现在正忙着做的事情。建立效率。我们都不想慢下来。"

"由本地的土包子们。"

"你知道我指什么。"

"当然。我们十点见,布雷纳特工。"

博斯合上手机,起身下车。他和费拉斯穿过停车场走到饭店门前的路上时,费拉斯接二连三地提出问题。

"关于那个证人你为什么要对他撒谎,哈里?发生了什么?我们来这儿做什么?"

博斯举起双手做了一个镇静的手势。

"等一等,伊格纳西奥,等一等。咱们坐下来喝杯咖啡再吃点儿东西,然后我告诉你发生了什么。"

他们随意找了个合适的地方。博斯挑了个拐角处的卡座,在那里他们能够清楚地看到前面的门。女招待很快就过来了。她是一个好斗的老女人,铁灰色的头发紧紧地扎成一束。在好莱坞像墓地一样的丹尼饭店里工作已经沥干了她眼里的生气。

"哈里,好久不见。"她说。

"嗨,佩吉。我想是有一段时间了,因为我晚上不得不追查一宗案子。"

"好吧,欢迎回来。你和比你年轻得多的搭档想要点儿什么?"

博斯对她的揶揄置之不理。他点了咖啡、吐司和七分熟的两面煎鸡蛋。费拉斯点了一份煎蛋清卷和一杯拿铁。女招待幸灾乐祸地笑着告诉他这两样都不能做的时候,他选了炒鸡蛋和普通咖啡。女招待一离开,博斯就开始回答费拉斯的问题。

"我们正在被踢出局,"他说,"这就是现在发生了什么。"

"你确定吗?你怎么知道?"

"因为他们已经抢先挖走了我们受害人的妻子和合作伙伴,我他妈向你保证,他们不会让我们和他俩谈话的。"

"哈里,他们这么说了吗?他们告诉你我们不能和他俩谈话了?现在是紧急时刻,我觉得你有点儿太多心了。你要跳到——"

"我吗?那好,我们等着瞧,伙计。观察和学习吧。"

"我们九点要去参加会议的,不是吗?"

"应该是,但是现在改成十点了。恐怕这是专为我们举行的盛大表演。他们不会告诉我们任何事情。他们会用甜言蜜语哄我们,然后轻而易举地把我们扫地出门。'非常感谢,伙计们,我们会接受你们的建议。'去他的,这是一宗凶杀案,没有人——甚至是联邦调查局的人——能把我扫出去。"

"有点儿信心吧,哈里。"

"我对自己有信心。就这样。我以前走过这条路,我知道该怎么走。一方面,谁在乎呢?让他们围着这案子忙活吧。但是另一方面,我在乎。我不相信他们能做好。他们只想找到铯。我就想找到那个恐吓了斯坦利·肯特两个小时,强迫他跪下,最后给了他后脑勺两枪的浑蛋。"

"这是国家安全,哈里。这不一样,这是更高的利益。你知道的,为了社会安宁。"

对博斯来说,这听起来像是费拉斯在引用某本学院教材或是某个秘密组织的规则。他才不在乎。他有自己的规则。

"为了社会安宁也要从那个躺在高地上死去的人开始。如果我们忘记了他,那么我们会忘记其他所有的一切。"

因为和搭档争辩,费拉斯感到很是不安,他拿起了盐瓶在手里玩弄,却不小心把盐撒在了桌子上。

"没有人忘记,哈里。这只是个孰重孰轻的问题。我想开会的时候事情一谈开,他们会和盘托出有关凶杀的任何信息的。"

博斯开始泄气了。他努力想教给这孩子一点儿东西,但是他根本不听。

"我来告诉你联邦调查局会托出什么,"博斯说道,"说到共享信息,联邦调查局吃起来像大象,拉起来像耗子。我这样说,你明白了吧?不会有什么会议。他们把这个拿出来是为了让我们在九点——现在变成十点——的时候,还能守规矩,一直认为我们自己还是团队的一部分。但是等到时候我们出现,他们就会再次推迟,然后再推迟,到最后他们会拿出某个组织结构图,这个图能让我们觉得自己还是'所有'的一部分,而那个时候事实上我们是狗屁的一部分,他们早已从后门溜走了。"

费拉斯点着头仿佛他把这话放到心里了。但是随后他却从别的地方谈起。

"关于证人的事,我还是觉得不应该对他们撒谎。说不定米特福德对他们来说非常有价值。他告诉我们的一些事情也许正好和他们了解的一些情况对得起来。告诉他们他在哪儿,会有什么损害吗?或许他们给他拍张照,找到我们没找到的东西。谁知道呢?"

博斯断然地摇了摇头。

"没门儿。不行。这个证人是我们的,不会把他交出去。我们要拿他来换取权限和信息,否则的话,就自己留着。"

女招待送来了他们的餐碟，目光从桌上撒落的盐移到费拉斯身上，再移到博斯上。

"我知道他很年轻，哈里，但是你能不能教他一些规矩？"

"我在努力，佩吉，但是这些年轻人根本不想学。"

"我听到你说的了。"

她走开了，博斯立即开始享用他的早餐，一只手握着叉子，另一只手拿着一片吐司。他饿坏了，而且感觉马上就要有行动了，下一次什么时候有时间吃一顿饭还是未知数。

他在鸡蛋吃到一半的时候，看到四个穿深色西装的男人走了进来，步态中清楚地显示出联邦调查局的人特有的气质。他们一言不发，分成两路，开始在饭店里穿行。

饭店里人总共只有十几个人，大部分是脱衣舞女和她们的皮条客，他们刚刚离开了四点钟的酒吧准备回家，这些好莱坞的夜猫子在回去睡觉前得把自己喂饱。博斯冷静地继续吃饭，看着这些穿西服的人在每张桌前停下，出示自己的证件并要求查看别人的身份证。费拉斯忙着给自己的鸡蛋倒热酱汁，根本没注意到发生了什么。博斯提醒他，朝那些特工摆了摆头。

围坐在桌边的大部分人由于疲惫或是忙着说话，顾不上反应，只是配合他们的要求拿出身份证。一个在头部的一侧剃了一个Z字的年轻女孩开始对其中一对特工说一些不愿意之类的话，但因为她是女人，他们要找的是一个男人，所以直接忽略了她，耐心地等着她那个头上有相同Z字的男朋友拿出身份证件来。

最后，一对特工来到了拐角的桌前。他们的证件显示他俩是联邦调查局的特工罗纳德·伦迪和约翰·帕金。他们忽略了博斯，因为他有点儿老，费拉斯被要求出示他的身份证。

"你们在找什么人?"博斯问道。

"这是公事,先生,我们只是来检查身份证。"

费拉斯打开了他的警徽证。其中一边是他的照片和警员证,另一边是他的警徽。那两个特工愣了一下。

"这真有意思,"博斯说道,"如果你们只看身份证,说明你们知道名字,但是我从未给过布雷纳特工证人的名字。这让我纳闷。你们战术情报处的人碰巧在我们的电脑里或是警队办公室里装了窃听器,对吧?"

很明显伦迪是负责处理细节问题的那个,他径直看着博斯,眼睛灰得像沙砾一样。

"你是哪位?"他问道。

"你也想看我的身份证吗?我已经很久没被当成二十一岁的人了,我当你在恭维我。"

他掏出自己的警徽证,没有打开,递到伦迪手里。那个特工打开证件很仔细地检查了内容。他显得不慌不忙。

"希罗宁姆斯·博斯,"他读着证件上的名字,"是不是有个让人恶心的变态画家[①]叫这个名字?还是我把他和我夜里看的书上一个最下层的人搞混了?"

博斯微笑着回敬他。

"有些人认为他是文艺复兴时期的绘画大师。"

伦迪把警徽证掉到了博斯的盘子里。博斯的鸡蛋还没吃完,不过,

[①]希罗宁姆斯·博斯,(Hieronymus Bosch, 其真名为 Jeroen van Aken, 又名 Jeroen Bosch, 1450—1516),是一位十五至十六世纪的多产荷兰画家。他多数的画作多在描绘罪恶与人类道德的沉沦。他的图画复杂,有高度的原创性、想象力,并大量使用各式的象征与符号,其中有些甚至在他的时代中也非常晦涩难解。博斯被认为是二十世纪的超现实主义的启发者之一。

幸好蛋黄是全熟的。

"我不知道这里有什么把戏,博斯。杰斯·米特福德在哪里?"

博斯捡起他的警徽证,用餐巾擦掉上面的鸡蛋渣。他也不慌不忙地收好钱包,然后他仰脸回望这个伦迪。

"杰斯·米特福德是谁?"

伦迪俯下身,把两只手放在桌上。

"你他妈很清楚他是谁,我们得把他带走。"

博斯点点头,仿佛他非常理解这个形势。

"在十点的会上,我们可以谈谈米特福德或是其他任何事情,就在我和肯特的合作伙伴和他的妻子会谈过之后。"

伦迪微笑着,笑容里没有一丝的友好和幽默。

"你知道吗,老兄?等这一切结束,你会需要一个文艺复兴时期的。"

博斯再次笑了起来。

"在会上见,伦迪特工。现在,我们在吃饭。你能不能去烦别人啊?"

博斯拿起餐刀,开始从一个小塑料盒里挑草莓酱涂在他最后一片吐司上。

伦迪直起身来,指着博斯的胸口。

"你最好小心点儿,博斯。"

说完他转过身,向门口走去,打了个手势示意其他队员,并指了指出口。博斯看着他们离开。

"谢谢提醒。"他说道。

11

太阳还躲在山脊下,但是黎明已经占据了整片天空。光影下,穆赫兰高地已经全然没有了之前夜晚的暴力迹象。甚至通常会在案发现场留下的一些垃圾——橡胶手套、咖啡杯,还有黄色的警戒线——都已经被设法清理干净或是被吹走了。好像斯坦利·肯特从来没有被枪杀在高地上,他的尸体也从来没被扔在海角上,这个海角有着飞机那样的视角,可以俯瞰底下的城市。自从有警徽以来,博斯调查了几百起谋杀案。他从来没有想过这个城市能这么迅速地自我修复——至少表面看来是这样——然后继续往前走,就像什么事都没有发生过。

博斯踢了踢脚下松软的赤黄色土地,看着尘土掉落到山崖下的灌木中。他做了一个决定,转身往车的方向走。费拉斯目送着他离开。

"你打算干什么?"费拉斯问道。

"我要进城。如果你要来,上车。"

费拉斯犹豫了一下,随即跟在博斯后面小跑起来。他们回到皇冠车里,开车前往艾罗海德大道。博斯知道联邦调查局的人扣了艾丽西亚·肯特,但是他还有从她丈夫的保时捷车里拿的钥匙扣。

他们发现,当他们开车提前十分钟到达的时候,联邦调查局的车还停在肯特家门口。博斯把车开进车位停下来，下车径直走向前门。他根本没去管街上的那辆车，即使是听到车门打开的声音也不理会。在他们俩被后面传来的一个声音叫停之前，博斯正盘算着找到正确的钥匙把它插进锁眼里。

"联邦调查局，站在那儿别动。"

博斯把手放在了球形把手上。

"不许开门。"

博斯转身看着从前面通道慢慢靠过来的那个人。他知道无论被派来看守这房子的是谁，这人都是战术情报处这根图腾柱上最底层的人物，一个倒霉蛋或是一个累赘。他确信自己可以从这一点上获益。

"洛杉矶警察局特别重案组，"他说，"我们来这儿做扫尾工作。"

"不，你们不能，"那个特工说道，"调查局已经取得了这宗案子调查的管辖权，将处理在这里的一切事宜。"

"对不起，伙计，我没有得到通知，"博斯说，"请你谅解。"

他转过身对着门。

"不许开门，"那个特工再次说道，"现在这是国家安全调查。你可以和你的上司核实。"

博斯摇了摇头。

"你可能会有上司。我有警督。"

"随便你。你还是不能进入这座房子。"

"哈里，"费拉斯说，"也许我们——"

博斯挥挥手打断了他。他转过身来对着那个特工。

"让我看看你的证件。"他说。

那个特工脸上呈现出一副被激怒的表情。他翻出证件，快速翻开举了起来。博斯做好了准备。他抓住那个人的手腕猛地一扭。那个特工的身体向前一冲，越过了博斯，博斯用他的前臂直接把他的脸按在了门上，把他的手——还抓着自己证件的那只——扭到他身后。

那个特工开始挣扎和反抗，但已经太迟了。博斯用自己的肩膀将他抵在门上，另一只手滑进他的夹克。他找到了需要的东西——手铐，他把挂在那个特工皮带上的手铐猛地拉下来，把那人铐了起来。

"哈里，你在做什么？"费拉斯大喊道。

"我告诉过你。没人能把我们推到一边。"

他把那个特工的手铐到身后，之后立即把他的证件从对方手中抢了下来。他打开检查对方的名字，克利福德·麦克斯威尔。博斯把他的身子转过去，把证件扔进他夹克的侧袋中。

"你的工作完了。"麦克斯威尔镇定地说。

"和我说说。"博斯说道。

麦克斯威尔看着费拉斯。

"你和他同流合污，你也有麻烦了，"他说，"你最好考虑清楚。"

"闭嘴，克里夫，"博斯说道，"这里唯一有麻烦的人是你，等你回到战术情报处告诉他们你让两个当地的乡巴佬抢先一步的时候。"

这句话真的让他闭上了嘴。博斯打开前门，推着那个特工进去。把他粗暴地推到客厅的一把沙发椅上。

"坐下，"他说，"闭上你的臭嘴。"

他弯下身，拉开麦克斯威尔的夹克，这样就能看到他把武器藏哪儿了。枪在他左臂下面的扁枪套中。现在他的手被铐在身后，够不着自己的枪。博斯又搜了搜那个特工的小腿部，以确保他没有携带刀子。最后，他满意地退后一步。

"现在放松，"他说，"我们不会拖很长时间。"

博斯开始走到过道中，示意他的搭档跟上。

"你从书房开始,我从卧室开始,"他吩咐道,"我们要寻找所有的东西。等我们看到就知道是什么了。查一下电脑。任何不寻常的东西,我都要知道。"

"哈里。"

博斯在过道里停了下来看着费拉斯。他能够感觉到这个年轻的搭档正在害怕。尽管他们仍在麦克斯威尔能够听到的范围内,博斯还是让他说下去。

"我们不应该这么做的。"费拉斯说。

"那我们应该怎么做,伊格纳西奥?你的意思是我们应该按照正规手续?让我们的上司去找他的上司,拿着一杯拿铁,等着他们允许我们工作?"

费拉斯顺着走廊指指客厅。

"我理解我们需要速度,"他说,"但你觉得他会就这样算了?他会拿走我们的警徽,哈里,我不介意由于执行任务而被降职,但不是因为我们刚刚所做的这种事。"

博斯很喜欢费拉斯用了"我们"这个词,这让他有耐心能心平气和地走回去,把一只手放在他搭档的肩膀上。他压低了声音,这样麦克斯威尔在客厅就听不到他们说话了。

"听我说,伊格纳西奥,不会因为这个在你身上发生任何事情。不会有任何事情,明白吗?我干这一行的时间比你长,我了解调查局怎么运作。妈的,我的前妻原来就是调查局的,知道吗?我最清楚的一件事就是联邦调查局最重要的头号任务就是不能蒙羞。这是他们在匡提科[①]学到的哲理,这条哲理深入到每个城市每个办公室

[①]匡提科(Quantico),位于美国弗吉尼亚州的联邦调查局特工学院。

每一个人的骨髓中。不要让调查局蒙羞。所以等我们结束这里的事，给那个家伙松绑之后，他不会向一个人提及我们做了什么，甚至我们来过这儿的事都不会提。你觉得他们为什么让他来这看守？因为他是联邦·爱因斯坦？啊哈，他就是来消除难堪的——要么为他自己，要么为了调查局。他不会去做或是去说任何让他脸红的事情。"

博斯停顿了一下，等着费拉斯的反应。但他没有反应。

"那我们就快点行动检查这座房子，"博斯继续道，"我今天早上在这儿的时候，大家都忙那个寡妇的事情，忙着应付她，然后我们又赶紧出门赶到圣阿加莎。我想花点时间，但是得快，你懂我的意思吧？我想看看这地方白天的时候什么样，再琢磨琢磨这起案子。这是我喜欢的工作方式。有时候你会对你遇到的东西感到惊奇。你要记住的就是总会有一个转折点。那两个凶手肯定在这座房子的某个地方留下了点什么，我觉得科学侦查部和其他的人漏掉了。这就会是一个转折点。我们去把它找出来。"

费拉斯点点头。

"好吧，哈里。"

博斯拍了拍他的肩膀。

"好。我从卧室开始，你来检查书房。"

博斯沿着过道走到卧室门口，听到费拉斯又在喊他。博斯转过来再沿着走廊到书房那里。他的搭档站在书桌后面。

"电脑在哪儿？"费拉斯问道。

博斯沮丧地摇摇头。

"原来在桌上的。被他们拿走了。"

"是联邦调查局？"

"还能有谁？它没有列在科学侦查部的记录里，只有鼠标垫。那就四处看看，翻翻书桌，看看还能找到些什么。我们不拿走任何东西，只是看看。"

博斯沿着走廊去了主卧。看上去从他上次看到那时起，主卧并没有被移动过。弄脏的床垫还散发着淡淡的尿味。

他走到床左边的床头柜前，看到黑色的指纹粉末撒落在两个抽屉的球形把手和台面上。桌上有一盏灯，还有一张斯坦利和艾丽西亚·肯特合影的相框。博斯拿起相框研究起来。这对夫妇站在一堆盛开的玫瑰花丛旁边。艾丽西亚的脸还被一块泥土弄脏了，但是她笑得很灿烂，好像她是骄傲地站在自己的孩子旁边一样。博斯可以判断出那丛玫瑰是她种的，照片的背景里还有一些类似的花丛。远处的山角处有好莱坞标牌的头三个字母，他意识到这张照片很有可能是在这座房子的后院拍的。再也找不到这么幸福的照片了。

博斯把照片放好，将桌子的抽屉一个个打开。里面塞满了斯坦利·肯特的私人用品，有各种老花镜、书，还有处方药瓶。底下的一个抽屉是空的，博斯想起来这是斯坦利放枪的地方。

博斯合上了抽屉，走到桌子另外一边房间的拐角。他在寻找一个新的角度，重新审视这个案发现场。他想起自己需要案发现场的照片，而他把照片忘在车上的文件夹里了。

他沿着过道走向前门，走到客厅的时候看到麦克斯威尔躺在地板上，就在他被扔进的沙发椅前面。他已经设法把戴着手铐的手腕移到屁股下面，他膝盖弯曲着，被铐着的手腕就在膝盖后面。他抬头看着博斯的时候，脸憋红了，还在流着汗。

"我卡住了，"麦克斯威尔说，"帮我出来。"

博斯几乎要笑出声来。

"等一下。"

他走出前门去车里取回装着科学侦查部关于案发现场的报告和照片的文件夹。他还在那里放了一份电子邮件里艾丽西亚·肯特的照片复印件。

当他回到屋里,穿过走廊去后面的房间时,麦克斯威尔叫住了他。

"快点儿,帮我出来,哥们儿。"

博斯没有理他。径直走进过道,经过书房的时候扫了一眼。费拉斯正在翻看着书桌抽屉,把他想要检查的东西码在桌面上。

在卧室里,博斯拿出电子邮件的照片,把文件夹放在床上。他把照片举起来跟房间对照着。然后他走到带镜子的衣橱门边,从和照片上一样的角度打开它。他注意到,照片上白色的毛巾浴袍扔在房间拐角的躺椅上。他探身到衣橱内寻找那件浴袍,找到后把浴袍放在躺椅上相同的位置。

博斯移到房间里那个他认为拍摄电子邮件照片的位置,扫视着房间,希望有个什么东西冒出来,告诉他点什么。他注意到床头柜上那个停了的钟,然后对照电子邮件照片上的钟。照片上,它也是停了的。

博斯走到桌子边,蹲下来去看后面。钟是被拔掉了电源。他伸手到桌后,把电源插上。数码屏上开始闪烁着红色的数字"12:00"。钟开始工作,只需要重新设置一下。

博斯思考着,觉得这是需要问问艾丽西亚·肯特的事情。他认为是那两个在屋里的人拔掉了钟的电源。问题是为什么。也许是他们不想让艾丽西亚·肯特知道她被绑在床上有多长或多短的时间。

先把钟的事情放在一边,博斯走到床边,打开其中一个文件夹,拿出案发现场的照片。他仔细研究着,发现衣橱门开着的角度和电子邮件照片上的稍有不同,那上面浴袍没有了,显然是因为艾丽西亚·肯特在获救后穿上了它。他再走到衣橱边，对照着案发现场照片上的角度，然后再退回到房间里扫视着整个房间。

没有任何突破。那个转折点在躲着他。他本能地觉得不舒服。他觉得好像错过了什么东西，而那个东西就在那个房间里对着他。

失败带来了压力感。博斯看看手表，发现离联邦会议——假如真的会有会议——还有不到三个小时了。

他离开卧室，顺着过道走向厨房，在每间房间里转一下，检查衣橱和抽屉，没发现任何可疑或是不对劲的地方。在健身房，他打开了一扇衣橱门，发现衣钩上挂了一排发霉的寒冷季节的衣服。肯特一家肯定是从寒冷的地方移居到洛杉矶的。像很多从其他地方来的人一样，他们拒绝和他们冬天的服装分开。向来没人确定他们能接受洛杉矶多少。做好离开的准备总是对的。

他没有碰衣橱里的东西，合上了门。离开房间之前，他发现挂橡胶健身垫的钩子旁边的墙上有个长方形的色块。轻微的胶带痕迹表明那里曾经贴着一张海报或是一个大的日历。

他到客厅的时候，麦克斯威尔还在地上，脸涨得通红，流着汗，挣扎着。现在他的一条腿已经从他被铐住的手腕围成的圈里挣脱出来，但是显然为了把他的双手弄到身体前面，他没办法把另外一条腿拉出来。他躺在瓷砖地面上，双手绑着夹在双腿之间。这让博斯想到一个五岁的孩子缩着身体想要憋住尿的样子。

"我们快要离开了，麦克斯威尔特工。"博斯说道。

麦克斯威尔没有回答。

在厨房里，博斯打开后门，迈进后院和花园。看到日光下的院子，他改变了看法。后院坐落在一个斜坡上，他数了一下，路堤上种了四排玫瑰。一些盛开着，一些还没有。有些盛放的花朵要靠支撑棒支撑着,这些支撑棒上都带有标签,标明不同玫瑰的种类名称。他走上山坡,欣赏了几朵,然后又回到屋里。

锁上身后的门之后,他穿过厨房,打开了另外一扇门。他知道,这扇门是通往邻接两个车位的车库的。一长排橱柜沿着车库的后墙伸展开来。他一个一个地打开,查看着里面的东西。里面大部分是园艺和做家务活儿的工具,还有几袋种玫瑰用的肥料和土壤营养素。

车库里还有一个带轮子的垃圾桶。博斯打开它,看到里面有一个塑料垃圾袋。他把它拽出来,解开扎口的带子,发现里面装着的只是一些日常的厨房生活垃圾。上面是一簇纸巾,有紫色的污迹,像是某个人用来擦拭泼出来的东西。他拿起一张纸巾,闻出有葡萄汁的味道。

把垃圾放回到桶里之后,博斯离开车库,在厨房遇到了他的搭档。

"他一直试着挣脱。"费拉斯说到麦克斯威尔。

"随他去。你书房检查完了?"

"差不多了。我在想你到哪儿去了。"

"那去收尾吧,我们要离开这儿了。"

费拉斯走了后,博斯检查了厨房的橱柜和食品储藏室,还琢磨了一下整齐堆放在架子上的所有杂货和用品。随后他又去了过道那儿的客用卫生间,看着香烟灰被收集的那个位置。在白色的陶瓷水箱盖上,有一段褐色的痕迹,大概有半支香烟那么长。

博斯盯着这个痕迹,觉得费解。他抽烟有七年了,但是从不记得曾把香烟烧成这样。如果他抽完了一支,他肯定会扔进马桶里把它冲走。很明显,这支烟是被忘在那儿了。

搜寻结束了,他回到客厅,叫他的搭档。

"伊格纳西奥,你好了吗?我们要走了。"

麦克斯威尔还躺在地上，看上去因为挣扎累坏了，也屈从于自己的困境了。

"快点儿，该死！"最后他大声地喊道，"给我解开！"

博斯走过去靠近他。

"你的钥匙在哪儿？"他问。

"上衣口袋，左边的那个。"

博斯弯下腰，摸索着这位特工的口袋。他拉出一大把钥匙，一把一把地找，直到找出手铐的钥匙。他抓起两个手铐中间的链子，拽过来好把钥匙塞进去，但是动作一点儿都不轻柔。

"要我打开，你得表现好点儿。"他说。

"表现好？我要给你他妈的一点儿颜色看看。"

博斯扔下了链子，麦克斯威尔的手腕垂落到地上。

"你在干什么？"麦克斯威尔大叫着，"给我打开！"

"告诉你一个诀窍，克里夫，下次你威胁要给我点儿颜色看看的时候，应该等到我打开你的手铐之后再说。"

博斯站起身来，轻轻地把钥匙扔在了房间另一侧的地面上。

"你自己打开吧。"

博斯走向前门。费拉斯已经走到那里了。门在博斯身后合上之前，他回头看到麦克斯威尔在地上笨拙地爬行着。朝博斯的方向咕哝出最后一句恐吓的时候，这个特工的脸涨得像红灯一样。

"这事儿没完，浑蛋。"

"知道。"

博斯关上了门。等他到了车边，越过车顶瞧了一眼他的搭档。费拉斯看上去苦闷得就像坐在警车后排的嫌疑犯一样。

"高兴点儿。"博斯说。

他上了车，眼前浮现出那个联邦调查局特工穿着他漂亮的西装爬过客厅的地面去拿钥匙的情景。

　　博斯微笑起来。

12

在下山去高速公路的路上，费拉斯一言不发。博斯知道他在考虑由于这个上了年纪的搭档行为冒冒失失会毁了他年轻而又大有希望的前途。博斯试着把他拉出来。

"唔，那只是次搜查，"他说，"我什么也没查到。你在书房找到什么了吗？"

"也没有。我给你看过的，电脑没了。"

他的声音里有愠怒的意味。

"那书桌呢？"博斯问道。

"基本上都空了。一个抽屉里有纳税单以及其他的这类东西。另外一个里面有一份信托复印件。他们的房子、在拉古纳①的投资财产、保险单，所有的这些都在一个信托公司。他们的护照也在桌子里。"

"好。这家伙去年挣了多少钱？"

"净赚二十五万美元。他还拥有公司百分之五十一的股份。"

"他的妻子做什么？"

---

①拉古纳（Cahuenga），墨西哥北部重要产棉区。位于面积二点八五万平方公里的迈兰盆地的西部。

"没有任何收入。她不工作。"

博斯思考问题的时候,变得沉默起来。等他们下了山,他决定不上高速公路。相反,他开上了往富兰克林方向的卡修加大道,然后转向东。费拉斯在往右侧的窗户外看,但他很快就发现了绕行。

"怎么了?我还以为我们是要去市区呢?"

"我们先去卢斯费利斯①。"

"卢斯费利斯有什么?"

"佛蒙特甜甜圈。"

"我们一小时前刚吃过饭。"

博斯看了看手表。快八点了,他希望不会太迟。

"我不是去吃甜甜圈。"

费拉斯骂了一句,摇了摇头。

"你打算去和那个人谈?"他问道,"你不是开玩笑吧?"

"除非我已经错过他了。如果你担心,你可以留在车里。"

"你越过了等级链的五个环节,你知道吗?加德尔队长会因为这个要了我们的命的。"

"他会要了我的命。你留在车里,这样你就像根本没去过那里一样。"

"不管一个搭档做了什么,另一个总是会得到同样的责备。你知道,就是这样的。这就是为什么他们要称之为搭档,哈里。"

"你瞧,我会处理这事的。现在已经没有时间去走正常的渠道。局长应该知道发生了什么,我就是打算去告诉他。最后他可能会因为我们的提醒而感谢我们。"

①卢斯费利斯(Los Feliz),也叫 Rancho Los Feliz("Feliz Ranch"),是洛杉矶好莱坞内的一片山地型富人社区。这片地区也因豪宅和明星名人居住在此而著称。

"是啊，但是，加德尔队长不会感谢我们的。"

"随后我也会去和他交涉。"

在剩下的路程中，他们俩都保持着沉默。

洛杉矶警察局是世界上最保守的官僚机构之一。它经历了一个多世纪后还存在着，几乎很少向外去寻求思想、答案或是领导人的时期。几年前，市议会在经历了多年的流言蜚语和社会团体的不满，要求从警察局以外委派领导层之后，在洛杉矶警察局漫长的历史上，这是第二次警察局局长的空缺不是通过内部提升来填补的。紧接着，被带进来做主导的外来人被大家带着极大的好奇心观察，甚至可以说是怀疑的态度。他的活动和习惯被记录下来，这些资料被倾倒在一个连接着警察局一万名员工的非官方渠道中，犹如一个握紧的拳头中的血管一样。情报被传递在列队点名和更衣室、进出于巡逻车的电脑的文本信息、电子邮件和电话、警察酒吧间，还有后院的烧烤之间。这就意味着南洛杉矶街头的巡警知道前一天晚上新来的局长参加了好莱坞的哪场首映式。山谷区的副指挥们知道他把他的制服送到哪里干洗，在威尼斯水城区的帮派犯罪调查组知道他的妻子喜欢去哪家超级市场。

这也意味着警探哈里·博斯和他的搭档伊格纳西奥知道每天早上在去帕克中心的路上局长会在哪家甜甜圈店买咖啡。

早上八点，博斯把车开进了甜甜圈店的停车区，但没有看到局长那辆没有标志的车。这家店坐落在卢斯费利斯山坡下的平地上。博斯关掉了引擎，转身看着他的搭档。

"你留下？"

费拉斯透过挡风玻璃直视着前方。他点点头，没有看博斯。

"你自己随便。"博斯说道。

"听着，哈里，我无意冒犯你，但是这不行。你并不想要一个搭档。你只需要一个跑腿的，他不能质疑你做的任何事情。我要和队长谈把我调走，去和其他人一组。"

博斯看着他，试图稳定他的情绪。

"伊格纳西奥，这是我俩的第一起案子。你不觉得该给它一点儿时间吗？加德尔会这样告诉你。他还会告诉你肯定不想一开始在抢劫凶杀部就带着背弃自己搭档这样一个名声。"

"我这不是背弃。只是这不合适。"

"伊格纳西奥，你正在犯一个错误。"

"不，我觉着这样最好，对我们俩来说。"

在转身开门之前，博斯盯着他很长一段时间。

"就像我说的，你自己随便。"

博斯下了车，向甜甜圈店走去。他对费拉斯的反应和决定很失望，但是知道应该放他一马。这家伙快要有孩子了，需要稳重行事。博斯从来就不是一个稳重行事的人，这已经让他在以往的时间里失去了不止一个搭档。等这个案子结了，他会再出手改变一下这个年轻人的想法。

走进店里，他排在两个人后面，然后向柜台后面的那个亚洲人点了一杯黑咖啡。

"不要甜甜圈吗？"

"不要，只要咖啡。"

"卡布奇诺？"

"不，黑咖啡。"

带着对这份微薄订单的失望，那个人转身到后面墙上的咖啡机前，冲了一杯。等他回来，博斯拿出了他的警徽。

"局长来过了吗？"

那个人犹豫了一下。他对情报渠道一无所知，不知道该怎么回答。他知道如果他稍不谨慎说了一点儿不适宜的话，他就会失去一个引人注目的顾客。

"没关系，"博斯说道，"我本来应该在这儿和他见面的，但是我迟到了。"

博斯尽量保持微笑好像他惹上麻烦了一样。但是进展并不顺利，他只好作罢。

"他还没来。"柜台后面的人说。

没有错过，博斯放心了，他付了咖啡钱，把零钱放进了装小费的罐子里。他走到拐角的一张空桌子边。在早上的这个时间，店里大部分生意都是外卖。人们在去上班的路上匆忙吃着早餐。在十分钟内，博斯留意到涵盖着这个城市不同文化的人走近柜台，他们无一例外地对咖啡因和糖成瘾。

终于，他看到那辆林肯城市车停过来。局长坐在副驾驶座上。他和司机都下了车，扫视了一下四周然后往甜甜圈店走来。博斯知道司机也是名警官，同时担任保镖一职。

他们进来的时候，柜台前没人排队。

"你好，局长。"柜台后那人说。

"早上好，明先生，"局长回道，"我和以前一样。"

博斯站起来靠过去。站在局长后面的保镖转过身来，对着博斯的方向调整着自己的衣着。博斯停下来。

"局长，我能帮你买杯咖啡吗？"博斯问道。

局长转了过来，花了一点时间才认出博斯，意识到博斯不是一个想要示好的市民。在一瞬间，博斯看到他皱了一下眉头——他还在为回声公园的案子做一些善后——但是很快这个表情消失得无影无踪，他又恢复了泰然自若。

"博斯警探，"他说，"你来这儿不是要带给我什么坏消息的，是吧？"

"更像是一个预警，先生。"

局长转过去从明手里接过他的咖啡和一个小袋子。

"坐下吧，"他说，"我有大约五分钟的时间，我自己付咖啡钱。"

局长交钱的时候，博斯回到原来的桌子前。他坐下来等着，局长拿着他买的东西到另外一个柜台，给他的咖啡加糖加奶。博斯一直认为局长上任以来警察局是有改善的。在人员分配上，他曾经有过一些政治上的失策和有问题的选择，但这却是所有员工士气提高的主要原因。

这很不容易。继联邦调查局的兰帕德腐败调查案和其他无数丑闻之后，根据一个议定的联邦同意法令，局长采用了部门管理方法。行动和业绩所有方面都以联邦监督员的审查和服从度评估为准。其结果就是部门不仅要向联邦政府汇报，还要淹没在对政府的各种书面报告中。本来部门就不够大，有时候很难看到警察局的工作圆满完成。但是在新局长的领导下，所有的员工竟然不知何故能齐心合力，把工作完成。犯罪统计数据甚至有所下降，这在博斯看来意味着真有犯罪率下降这种好的可能性——他以前对犯罪统计数字是持怀疑态度的。

撇开所有的这些不说，博斯喜欢这位局长是出于一个最重要的原因。两年前，他把博斯的工作还给了他。博斯已经退休了，恢复了他的平民生活。但是没过多久，他就意识到这是一个错误，当他后悔的时候，新局长欢迎他回来。这让博斯忠心耿耿，这也是他非要来甜甜圈店与局长面谈的一个原因。

局长在他对面坐下。

"你运气好,警探。大部分时候我来这儿和离开的时间是一个小时以前。但是昨天晚上我加班,在这个城市的三个地区分别参加犯罪监督会议。"

局长并没有打开他的甜甜圈袋子把手伸进去,相反他把袋子从中间撕开,这样他可以把袋子展开,用它拿着甜甜圈来吃。他的甜甜圈一个是有糖粉的,一个是涂了一层巧克力的。

"这是这个城市里最危险的杀手。"当他举起那个涂了巧克力的甜甜圈并咬了一口的时候说道。

博斯点头同意。

"你说得对。"

博斯局促地笑着,试着打破僵局。他的老搭档凯丝·赖德受了枪伤,恢复后刚回来工作。她从抢劫凶案组调到了局长办公室,她以前就曾经在那儿干过。

"我的老搭档干得怎么样,局长?"

"凯丝?凯丝很好。她工作很细致,我觉得她是在适合的位置上。"

博斯再次点点头。他点了很多次头了。

"你在合适的位置上吗,警探?"

博斯看着局长,想弄明白他是不是可能在问他越级跳过指挥链的事情。在他想出一个答案之前,局长问了另外一个问题。

"你来这儿是为了穆赫兰高地的案子吗?"

博斯点点头。他猜想消息已经从加德尔队长那儿传上去了,局长已经就这个案子事先做了一些简要的指点。

"我每天早上多花一个小时就为了能吃上这个东西,"局长说,"隔夜报告都会传真给我,我就在靠背脚踏车上阅读。我知道你接了高地那个案子,也引起了联邦调查局的兴趣。哈德利警长今天早上也给了我电话。他说这案子有恐怖主义的倾向。"

听说"蛋·不得力"警长和国土安全办公室已经了解情况,博斯有点儿吃惊。

"哈德利警长在做什么?"他问道,"他并没有给我电话。"

"惯例。检查我们自己的情报,设法和联邦调查局的人打开渠道。"

博斯点点头。

"那么,你能告诉我什么,警探?你来这儿是为了什么?"

博斯就这个案子进行了更详尽的描述,强调了联邦调查局的介入和看上去有人努力在把洛杉矶警察局排除在警察局自己的调查之外的情况。博斯承认丢失的铯是要最先考虑的事情,问题是联邦调查局盛气凌人。但他认为这件案子首先是一宗凶杀案,正是这个原因洛杉矶警察局才能加入。他又叙述了一遍收集到的证据,阐述了一些他一直在考虑的理论。

博斯说完的时候,局长已经吃完了两个甜甜圈。他用一张纸巾擦擦嘴,在回答之前先看了看手表。刚好过了他之前提出的五分钟。

"你没有告诉我的是什么?"他问道。

博斯耸了耸肩。

"没什么了。我刚刚只是在受害人的家里和一个特工发生了一些争执,但是我觉得不会有什么问题。"

"为什么你的搭档不在这儿?为什么他要等在车里?"

博斯明白了。局长到的时候扫视场地,已经看到费拉斯了。

"我俩在接下来如何行动上有一些争议。他是个好孩子,但是他想对联邦调查局的人稍微宽容一点儿。"

"当然,我们洛杉矶警察局的人不会这么做。"

"我这辈子都不会，局长。"

"你的搭档认为越过局里的指挥链直接找我汇报这案子合适吗？"

博斯垂下眼睛看着桌面。局长的声音变得严厉起来。

"事实上，他对此很不愉快，局长，"博斯说，"这不是他的主意，是我的。我觉得没有多少时间来——"

"你怎么想不重要，重要的是你做了什么。所以如果我是你，我会对这次会面只字不提。以后别再这样做了，警探。清楚了吗？"

"是的，清楚了。"

局长向玻璃展示柜里扫了一眼，柜台里陈列着一排排装在碟子里的甜甜圈。

"顺便问一句，你怎么知道我会在这儿？"他问道。

博斯耸耸肩。

"我不记得了，反正我知道。"

然后他意识到局长可能会认为博斯的消息来源是他的老搭档。

"不是凯丝，如果你想问这个，局长，"他很快说道，"这是大家都知道的事情，你知道吗？小道消息在局里到处都是。"

警察局局长点点头。

"这太糟糕了，"他说，"我喜欢这地方。方便，好吃的甜甜圈，明先生也很照顾我。多可惜啊。"

博斯意识到局长从现在开始不得不改变他的日常路线。如果在哪里以及什么时候可以找到他被大家熟知的话，对他来说并不好。

"很抱歉，先生，"博斯说，"如果可以的话，我推荐个地方吧。在农场主市场那有一个地方，叫鲍勃家咖啡和甜甜圈。对你来说有点儿远，但是他家的咖啡和甜甜圈值得一试。"

局长若有所思地点点头。

"我会记住的。现在,你想从我这儿得到什么,博斯警探?"

博斯断定局长显然想开始讨论问题的实质。

"这个案子无论走到哪里,我都要办理,我还需要的就是能够有机会见见艾丽西亚·肯特和她丈夫的搭档,一个叫凯博的人。联邦调查局的人扣了他们,我觉得五个小时之前,我面见他们俩的门就关闭了。"

停顿了一下之后,博斯转到了这次临时会面的关键上。

"这就是我来这儿的原因,局长,我需要面谈的机会。我觉得你能帮我。"

局长点点头。

"除了我在警察局的职位,我还在联合反恐部队任职。我可以打几个电话,发发火,或许可以把门打开。我刚才说过,我们在这方面已经有哈德利的部门,也许他能打开沟通的渠道。一直以来,我们都被置身于这类事情之外。我得把我们的旗帜竖起来,花时间给他们的局长打个电话。"

对博斯来说,这听起来像是局长打算帮他一把。

"你知道什么是反流吗,警探?"

"反流?"

"就是所有的胆汁反流到你的喉咙那种状态,有烧灼感,警探。"

"哦。"

"我想告诉你的是,假如我采取了一些措施,为你打开了那门,我不想看到任何反流。你懂我的意思吗?"

"我懂。"

局长再次擦了擦嘴,把纸巾放在他撕开的纸袋上。然后他把它们揉成一团,小心地不把任何糖粉撒在他的黑色西装上。

"我会打几遍电话,但是这会比较困难。你在这里没有看到政治立场,对吧,博斯?"

博斯看看他。

"先生?"

"更大的局面,警探。你把这个当作一次凶案调查。实际上,要比这个多得多。你得学会理解,从整体来看,作为一个恐怖主义阴谋的一部分,它对联邦政府非常有用。一起切实的国内恐吓会在转移公众注意力和缓解其他方面压力上大有帮助。战争已经日趋棘手,选举也是一场灾难。现在有中东、每加仑石油的价格和即将卸任的总统的支持率。单子上的东西越来越多,而这件事是个补救的机会,一个弥补以往错误的机会,一个转移公众注意力和意见的机会。"

博斯点了点头。

"你是不是说他们可能努力让这事发展,也许甚至是夸大它的威胁性?"

"我没有说任何事情,警探。我只是努力在扩大你思考问题的角度。像这样的案子,你得觉察到政治形势。你不能再像一个鲁莽闯祸的人一样四处乱跑——而以前这是你的强项。"

博斯点点头。

"不仅是这个,你还要考虑到当地的政治形势,"局长继续说道,"市议会还有一个人埋伏在那里等着我。"

局长说的是欧文,这人之前在警察局做了很长时间的指挥官,后来被局长挤走。他竞选市议会的职位,赢得了选举。现在他是警察局和局长最激烈的反对者。

"欧文?"博斯说,"他在议会只占一票。"

"他知道很多秘密。这能让他开始建立一个政治中心。选举后他发了我一条消息，就两个字：期待。不要把这件事变成他能利用的事情，警探。"

局长站了起来，准备要走。

"好好想想，谨慎一些，"他说，"记住，没有反流，没有反作用。"

"是，先生。"

局长转过去，对他的司机点了点头。那个人走到门边，为上司拉开门。

13

他们离开停车区的时候,博斯没有说话。他断定白天这个时候好莱坞高速公路已经被早上上班的车堵得严严实实,地面的街道会好些。他觉得日落大道是进市区最快的路了。

只开出了两个街区,费拉斯就开口问在甜甜圈店发生了什么。

"别急,伊格纳西奥。我们都还有工作可做。"

"那么,发生了什么?"

"他说你是对的,我不应该越级,但是他说他会打几个电话,试着和联邦调查局的人好好谈谈。"

"那我猜我们会看到的。"

"是的,我们会看到。"

他们在沉默中向前开了一阵,博斯提起他搭档的计划,问起他新的工作。

"你还是打算和队长谈吗?"

费拉斯在回答之前犹豫了一下。这个问题让他很不舒服。

"我不知道,哈里。我仍然认为这样最好,对我俩来说。也许你和女性搭档合作最好。"

博斯几乎要大笑出来。费拉斯不知道凯丝·赖德——博斯的前一个搭档。她从来就不会和博斯和睦相处。像费拉斯一样，每一次博斯在她身上行使领导权，她都会反对。他正打算纠正费拉斯，电话开始响了起来。博斯从口袋里掏出手机，是加德尔队长。

"哈里，你在哪儿？"

他的声音比平时要响，听起来很着急。他因为什么事情而显得有点儿激动，博斯在想，他是不是已经听说了甜甜圈店的会谈了？是不是局长出卖了他？

"我在日落大道。我们在开车。"

"你过了西尔弗湖了吗？"

"还没有。"

"那好。开去西尔弗湖。去水库底下的娱乐中心。"

"发生了什么事，队长？"

"肯特的车被找到了。哈德利和他的人已经出发去那里设立控制点。他们已经要求调查员到现场。"

"哈德利？为什么他在那儿？为什么有一个指挥点？"

"哈德利的办公室得到线报，于是决定在透露给我们之前，他们先去查看。那辆车停在一个很有意思的人的房子前面。他们希望你能到现场。"

"有意思的人？这什么意思？"

"这房子是国土安全办公室一直感兴趣的一个人的住所。有点恐怖分子支持者的嫌疑。我不太清楚所有的情况。就去那儿吧，哈里。"

"好的，我们在路上了。"

"给我电话，及时通报发生的情况。如果你需要我去，说一声就行。"

当然，加德尔并不真的想离开办公室去现场。这样会延误他日常的管理和文书工作。博斯合上手机，打算加快速度，但路上已经堵得哪里都去不了了。他向费拉斯通报了一下他从通话里得知的那点儿消息。

"那联邦调查局怎么办？"费拉斯问。

"什么怎么办？"

"他们知道吗？"

"我没问。"

"十点的会议怎么办？"

"到十点我们再担心这个吧。"

十分钟后他们终于上了西尔弗湖林荫大道，博斯转向北边。城市的这部分因为西尔弗湖而命名。西尔弗湖位于中产阶级的平房住宅区和二战之后所建家园的中间，有着人工湖的美景。

靠近娱乐中心的时候，博斯看到两辆黑亮的越野车，他认出了国土安全办公室的标识。显然，只要是所谓的追捕恐怖分子，一个部门就很容易得到资金支持。那里还有两辆巡逻车和一辆城市环卫车。博斯把车停在其中一辆巡逻车后面，然后和费拉斯下了车。

十个穿着黑色工作服的男人——同样明显的职业健康和安全部的标志——聚在一辆越野车向下折叠的后门后面。博斯靠近他们，费拉斯跟在几步之后。他们的出现立即引起了对方的注意，小组分散开来，唐·哈德利警长坐在门边。博斯以前从来没见过他，不过总在电视上看到。他是个红脸的大个子，有着沙色的头发，大约四十多岁，看上去他生命的一半岁月都是在健身房度过的。他红润的面色让他显得像某个人用力过度或是屏住呼吸一样。

"博斯？"哈德利问道，"费拉斯？"

"我是博斯，这是费拉斯。"

"伙计们，你们来了真是太好了。我觉得我们马上就会用蝴蝶结把这案子包好送给你们了。我们就等着来一个带着搜查证的人，然后我们就可以进去。"

他站起来，对一个他的人示意。哈德利对他自己确实很有信心。

"佩雷斯，检查一下搜查令，行吗？我已经厌倦了等待。然后检查一下控制点，看看上面什么情况。"

随后，他转过身对着博斯和费拉斯。

"跟我来，伙计们。"

哈德利离开人群向外走去，博斯和费拉斯紧随其后。他带着他们绕到环卫车的背后，这样他就可以避开其他人和他们说话了。警长摆出一副指挥的架势，一只脚蹬在环卫车的尾部，肘部放在这条腿的膝盖上。博斯留意到他把随身携带的小手枪插在腿部皮套中，那个皮套绑在他粗壮的右大腿上。除了带着的是一把半自动手枪，他就像一个过去的西部枪手，大嚼着口香糖，也没想着要遮掩一下。

博斯听过关于哈德利的很多传闻。现在他觉得自己要成为传闻中的一部分了。

"我想要你们过来是为了这个。"哈德利说。

"到底是什么，警长？"博斯答道。

哈德利在说话前先拍了拍手。

"我们在离这儿两个街区的地方定位住了这辆克莱斯勒三百，在水库边的一条街上。车牌和协查通报上的一致，我亲自盯着，这就是我们一直要找的车。"

博斯点点头。这部分不错，他心想。剩下的部分呢？

"这辆车停在一个名叫拉明·萨米尔的人家门前，"哈德利继续说道，"他是这几年我们一直留意的一个人，一个我们真正感兴趣的人——你也可以这么说。"

这个名字对博斯来说也有点儿耳熟，但他一开始并没有想起来。

"他为什么让人感兴趣，警长？"

"萨米尔先生是那些想要伤害美国人民和损害我们利益的宗教组织出了名的支持者。比这更糟的是，他教我们的年轻人仇恨自己的国家。"

最后一句话唤起了博斯的记忆，他把所有的事情都连在了一起。

博斯不记得这个拉明·萨米尔来自哪个中东国家，但是他知道此人是南加州大学国际政治学的前客座教授，因为在课堂和媒体上拥护反美观点而受到广泛的关注。

在九一一恐怖袭击之前，他一直在媒体上制造一些风波。在此之后，风波变成了轩然大波。他公开提出由于美国对全世界的干涉和侵略，这次袭击是有正当理由的。他不断地扩大公众对他的关注度，到后来，由于随时能从嘴里冒出的反美引述或是代表性的只言片语，他成了公众人物。他诋毁美国对以色列的政策，反对政府在阿富汗的军事行动，而且还公然宣称伊拉克战争就只是一场石油掠夺。

萨米尔这个内奸的身份使他在好几年内频繁客串那种每个人都对另外的人大喊大叫的有线电视新闻辩论节目。他对于正方和反方来说都是一个极好的人选，而且始终愿意凌晨四点钟起床录制东部的《星期天早上》这一节目。

与此同时，他利用即兴演讲以及名人的身份，帮助校内外的一些组织募集资金。为此，他很快遭到了保守利益团体的谴责，并在发现他与恐怖组织和反美圣战有关联，至少是有触及的新闻调查中也受到了同样的谴责。有些舆论甚至说他与制造恐怖的头号人物，奥萨马·本·拉登有联系。虽然萨米尔经常被调查，却从未因为任何犯罪而受到指控。不过，他还是被南加州大学因为学术问题而解雇。这个学术性问题就是——他在《洛杉矶时报》发表了一篇署名评论，表明伊拉克战争是美国策划的一场对穆斯林的种族灭绝，没有声明他的观点是他个人的而非学校的。

萨米尔短暂的辉煌告一段落。他最终在媒体上被贬低为一个自恋狂，是为了吸引公众对他的注意而不是对当今局势进行全面的评论，才发表异乎寻常的言论。后来，他还把他的一个组织命名为YMCA，即美国青年穆斯林会，这刚好和那个历史悠久的青年组织[①]（受到国际认可）的首字母缩写一样，这又将会引发一场被广为关注的法律诉讼。

萨米尔之星陨落了，他从公众的视野中消失了。博斯记不清上次在电视或是报纸上看到他是什么时候。撇开所有冠冕堂皇的话不说，事实是，整个美国因为对未知的恐惧和复仇意愿而变得气氛紧张，而在博斯看来这个复仇的想法什么都不是。这个时期，萨米尔从未因为一宗犯罪而遭到指控。假如其言属实，那拉明·萨米尔早就待在牢房里或是在关塔那摩的围墙后面了。但是他现在就在这里，住在西尔弗湖。因此，博斯对哈德利警长的这一主张表示怀疑。

"我记得这家伙，"他说，"他只是个评论家，警长。从未有任何实质性的联系出现在萨米尔和——"

哈德利竖起一只手指，像一名老师要求学生安静一样。

"从未建立起实质性联系，"他更正道，"但是这说明不了任何问

[①] YMCA（Young Men's Christian Association），基督教青年会。一八四四年由英国商人乔治·威廉创立于英国伦敦，希望通过坚定信仰和推动社会服务活动来改善青年人精神生活和社会文化环境，现已蓬勃发展于世界各地，在一百多个国家有青年会组织，总部设在瑞士日内瓦。

题。这家伙为巴勒斯坦圣战和其他穆斯林事业募集资金。"

"巴勒斯坦圣战？"博斯问道，"那是什么？穆斯林事业又是什么？你是说穆斯林事业不能算合法吗？"

"听着，我想要说的是这家伙是个坏蛋，一辆被用于谋杀和抢劫厕①的车就停在他家门前。"

"铊，"费拉斯说，"被偷的是铊。"

由于还不习惯被人纠正，开口说话前，哈德利眯起眼睛盯着费拉斯看了一会儿。

"随便。要是我们坐在这儿等搜查令的时候，他把它扔进街对面的水库或是在屋里把它放进一枚炸弹，你叫它什么都无所谓了，小伙子。"

"联邦调查局的人并没有提及它会经由水构成威胁。"博斯说道。

哈德利摇了摇头。

"这无所谓。最重要的是它是一个威胁。我敢肯定联邦调查局的人说了这个。好了，调查局的人只会说点儿什么，我们则该干点实际的。"

博斯退后几步，想要给这次讨论换点新鲜空气。变化来得太快了。

"你打算进去吗？"博斯问。

哈德利蠕动着下巴，使劲嚼着口香糖，似乎并没有注意到从环卫车后面散发出来的刺鼻的垃圾味。

"不错，我们要进去了，"他说，"就等搜查令了。"

"你根据一辆停在这房子门前被偷的车就判断要签署搜查令？"博斯问道。

---

①应为铊，这里哈德利警长发音不准确，发成了厕，作者以此暗示哈德利警长的粗鄙。

135

哈德利示意其中一名队员。

"带上这些包，佩雷斯。"他吩咐着，然后对博斯说，"不，我们还有其他的。今天是收垃圾的日子，警探。我派了这辆环卫车到街上，然后我的两个队员倒空了萨米尔家门口的两个垃圾桶。完全合法，这你知道。你看看我们找到了什么。"

佩雷斯赶紧拿来塑料证据袋，递给哈德利。

"警长，我检查了控制点，"佩雷斯说，"那里还是没有动静。"

"谢谢你，佩雷斯。"

哈德利接过袋子，转身面对着博斯和费拉斯。佩雷斯走回到越野车那里。

"我们的观察员正蹲在树上呢，"哈德利笑着说道，"在我们准备好之前，他会告诉我们那儿有什么动静。"

他把袋子递给博斯。其中有两个里面装着黑色羊毛滑雪面罩。第三个里面装着一张长条纸，上面有手绘的地图。博斯凑近了去看。上面的一系列纵横交错的线条，其中有两条标着艾罗海德和穆赫兰。一旦对准了这两条，他就辨别出这张地图相当精确地描绘出斯坦利·肯特生活和死亡的邻近地区。

博斯把袋子还给哈德利，摇了摇头。

"警长，我觉得你应该等等再说。"

听到这个建议，哈德利看上去有点儿吃惊。

"等等？我们不会等的。如果这个家伙和他的同伙用那个毒素污染水库，你觉得这座城市里的百姓会接受我们'等等，就为了确定每一步都一丝不苟'的说法？我们不会等的。"

为了强调他的决定，他把口香糖从嘴巴里取出，扔进背后的环卫车里，接着把脚从保险杠上放下来，朝队员的方向走去，但是随后他突然掉头，径直走到博斯面前。

"对我来说，我们已经知道恐怖组织的领导人在那座房子外活动，现在要进去端了它。你有什么问题吗，博斯警探？"

"太容易了，这就是我的问题。这并不是我们要一丝不苟，而是因为凶手已经这样做了。这是个计划周密的犯罪，警长。他们不会只是把车停在屋子前面或把这些东西扔进垃圾桶里。考虑考虑。"

博斯一动不动地站在那儿，看着哈德利研究了几分钟。之后，他摇摇头。

"也许车不是丢在那儿，"哈德利说，"也许他们还计划要用它来递送。这里面有很多的变数，博斯。有我们不知道的事情。我们还是要进去。我们把这些都摆在法官面前了，而且都是站得住脚的理由。这对我来说就足够了。现在来了一张不用敲门的搜查令，我们为什么不把它用起来。"

博斯不想放弃。

"你的消息从哪儿来的，警长？你怎么发现车的？"

哈德利的下巴开始动了起来，但是随后他想起自己已经把口香糖给扔了。

"我的一个线报，"他说，"将近四年了，我们一直在这座城市里建立一个情报网。现在开始有收益了。"

"你是要告诉我，你知道谁是线人还是说消息是从匿名者那里得来的？"

哈德利不屑一顾地摆摆手。

"这不重要，"他说，"这条情报很好。在那儿的就是那辆车。不用怀疑。"

他指指水库的方向。从哈德利回避这个问题的态度来看，博斯知道这条消息是匿名的，栽赃陷害的典型特征。

"警长，我力劝你撤离，"他说，"事情不对劲。得来全不费工夫，但这不是一个简单的计划。这像是一种误导，我们需要好好思——"

"我们不会撤离的，警探。很多人的生命危在旦夕。"

博斯摇摇头。他并不打算和哈德利争辩下去。这个人确信自己稳稳地站在成功的边缘，唾手可得。而这次成功足以弥补他以往所犯的每一个过失。

"联邦调查局的人在哪儿？"博斯问道，"他们不是应该——"

"我们不需要联邦调查局的人，"哈德利说，再次打断了博斯的话，"我们有训练有素的队伍、装备和技能。更重要的是，我们有胆识。这一次我们要自己管好自己家后院发生的事情了。"

他指了指地面，仿佛他站着的那块地方是联邦调查局和洛杉矶警察局之间的最后战场。

"局长怎么办？"博斯还在努力，"他知道吗，我才刚——"

博斯停住了，记起局长告诫他要保守他们俩在甜甜圈店会面的秘密。

"你才刚怎么了？"哈德利问。

"我只是想知道他是否知道并且同意了。"

"局长已经让我全权负责这个部门的运作。每次你出勤逮捕的时候，都要给局长打电话吗？"

他转过身，傲慢地迈步向他的队伍走去，留下博斯和费拉斯在背后看着他。

"啊哦。"费拉斯表示无语。

"我也是。"博斯说。

博斯从气味难闻的环卫车后面走开，拿出手机。他从通讯录里翻出了蕾切尔·沃琳的名字。他刚要按手机键，哈德利又一次出现在他面前。博斯根本没有听到他过来。

"警探！你在给谁打电话？"

博斯没有犹豫。

"我的队长。他要求我到这儿之后向他汇报。"

"不准打手机或是无线电传呼。他们可能会监听。"

"他们是谁？"

"把手机给我。"

"警长？"

"把手机给我，否则我会强行拿走。在这点上我们没有任何商量的余地。"

博斯没有挂断电话就把手机合上了。假如他运气好，沃琳会接电话并且听到。她也许能把这些信息整合起来，从而明白这个警告。联邦调查局甚至有可能会定位信号传输，在事情完全变糟之前赶到西尔弗湖。

他把电话递给哈德利，后者又转向费拉斯。

"你的手机，警探。"

"长官，我妻子怀孕八个月了，我需要——"

"你的手机，警探。你要么是我们的朋友，要么是我们的对头。"

哈德利把手伸了过来，费拉斯很不情愿地把手机从皮带上取下来，递给他。

哈德利大踏步地走向一辆越野车，打开副驾驶那侧的门，将两部手机放进了贮物箱里。他带着一种强势的态度，用力把隔板合上，再回头看着博斯和费拉斯，好像想看看他们是否胆敢试图拿回自己的手机。

这时，第三辆越野车开进了这块地方，警长的注意力随即被分散。司机朝警长竖起了大拇指。哈德利举起一只手指，做了一个转动起来的动作。

"好了，每一个人，"他召集大家，"我们现在有了搜查令，大家都知道行动计划。佩雷斯，呼叫空中援助，帮我们在空中盯着点。其余的，战士们，上马出发！我们要冲进去了。"

博斯看着国土安全办公室的队员装备好武器，戴上有面罩的头盔，心里越来越担心。其中两个队员开始穿上防护服，好像是从辐射污染组派来的。

"这太疯狂了。"费拉斯小声说道。

"查理不会冲浪[①]。"博斯回答道。

"什么？"

"没什么，老话而已。"

[①] "查理不会冲浪"是电影《现代启示录》里的一句话，暗喻哈德利的选择是个荒唐的决定。

14

直升机盘旋在一个三十英亩大的橡胶农场上空,载着和往常一样让人战栗的空降兵,缓缓地降落在着陆区。哈里·卡里·博斯、邦克·西蒙斯、特德·弗尼斯和加布·芬利滚进了泥淖,吉莱特上尉在那儿等着他们。他紧紧地按着头上的头盔以防被飞机螺旋桨带来的气流吹走。由于要在泥地上防滑——那是连续六天下雨之后第一个放晴天——直升机缓慢而困难地运转着,然后起飞,顺着一条长长的灌溉渠向第三特种部队总部飞去。

"跟我来,伙计们。"吉莱特说。博斯和西蒙斯在这个行业的时间很长了,各自都有自己的绰号。而弗尼斯和芬利是刚来的,还在实习阶段——在职培训——博斯知道他们俩极度害怕。这是他们第一次空降,在圣迭戈的地道学校那些人所教的任何东西都无法让他们为这个真实的场景、声音和气味做好准备。

上尉带着他们走到一个指挥帐篷下临时搭起的一个折叠桌边,向他们大概描述了一下他的计划。作为旨在控制上方村镇的第一波进攻的一部分,边葛①下面的地道系统错综复杂、覆盖面广,需要尽

---

① 边葛,越南地名。

快占领。在营地周界,由于咬人的狗和不断的偷袭,伤亡人数在增加。队长解释说他每天都会被第三特种部队的命令弄得焦头烂额,根本没提正在发生的伤亡带给他的困扰。那些都是可以被取代的,第三特种部队的上校对他的赏识却不会。

这个计划是个简单的压制行动。上尉打开一卷由在地道里待过的当地人帮助绘制的地图。他指着四个分开的狙击手掩蔽坑,说有四个坑道爬行手会同时下去,迫使地道内的越共向第五个狙击坑方向转移,在那里"热带之光"军团的战士们正等着要屠杀他们。博斯和他的同伴们沿途要安置炸药,行动将在整个地道系统内部的大爆炸中结束。

原以为计划相当简单,但是等他们下到黑暗中,才发现迷宫一样的地道和他们之前在帐篷下的小桌子上研究的地图一点儿都对不上。下去了四个人,生还的只有一个。"热带之光"军团那天是零战绩。也就是在那天,博斯明白那场战争失败了——至少对他来说是这样。也就是在那个时候,博斯明白了原来军官们经常会和内部的敌人展开斗争。

博斯和费拉斯坐在哈德利的越野车后排座位上。佩雷斯开车,哈德利架着机关枪,头上戴着无线电耳机以便指挥这次行动。车上的无线电话筒声音开得很大,被调到秘密信号的频率上——那是在任何公开指南上都找不到的频率。

他们是黑色越野车队的第三辆。离目标房屋还有半个街区的时候,佩雷斯刹住了车让其他两辆按计划行事。

博斯向前靠在前排座椅的中间,这样他能更好地透过挡风玻璃看到外面。另外两辆越野车两侧都有四个人站在踏板上。车子加快了速度,很快转向萨米尔家方向。一个人沿着一座工匠风格的平房的车道转向后院,其他人跳上路边的人行道,迅速穿过前面的草坪。当笨重的车冲上马路牙子的时候,国土安全办公室的一个队员的手提袋掉了下来,他匆忙捡起来,穿过草坪时还摔倒了。

其他人从踏板上跳下来,向前门移动。博斯猜想后门也同样有人出现。他并不赞成这个计划,但是很佩服它的精确度。当前门被爆破装置炸开的时候,发出了巨大的爆裂声。几乎同时,后门也响起了一声。

"好,开过去。"哈德利命令佩雷斯。

他们靠近的时候,无线电一直在播放从房子里传来的报告。

"我们进来了!"

"我们在后面!"

"前门安全!我们——"

这个声音被自动步枪的响声打断了。

"开枪!"

"我们已经在——"

"开枪!"

博斯听到更多的枪击声,但是这声音并不是出自无线电。他们现在已经很靠近了,他可以听到现场传来的声音。佩雷斯把越野车横在街上,拦在房子前。四个车门随即打开,他们跳了出来,把车门大开着,无线电还在发出刺耳的声音。

"全部安全!全部安全!"

"一个嫌疑犯倒下。需要医护人员检查倒下的嫌疑犯。我们需要医护。"

不到二十秒，整个行动结束。

博斯跟在哈德利和佩雷斯后面跑过草坪。费拉斯在他的左侧。他们手里都举着武器，穿过前门进入。很快，哈德利的一个队员跑来会合。从他工作服右侧口袋上看到的名字是佩克。

"障碍全部清除！全部清除！"

博斯放下枪，但是没有放回到枪套内。他四处张望，这是一间没多少家具的起居室。他闻到引爆的火药味，还看到空气中弥漫着蓝色的烟雾。

"找到什么了？"哈德利询问道。

"一个倒下，一个被扣押，"佩克说，"在后面。"

他们跟着佩克顺着一个短短的走廊走到一个地板上有草编垫子的房间。一个人仰面躺在地板上，博斯认出是拉明·萨米尔，血从他胸前两个伤口流出，漫过一件米色袍子流到地板和垫子上。一个穿着同样袍子的年轻女人面朝下趴在地上，啜泣着，两只手被铐在背后。

博斯看到地板上有一支左轮手枪，旁边一个小橱柜的抽屉打开着，柜子上面有点着蜡烛的烛台。手枪离萨米尔倒下的位置大约十八英寸。

"他去拿枪，我们就把他放倒了。"佩克说道。

博斯向下看看萨米尔。他已经没有了意识，胸口随着断断续续的节奏起伏着。

"他在往深渊里掉了，"哈德利说道，"找到什么了？"

"目前为止没有发现那个物质，"佩克说，"我们正把设备弄进来。"

"好，我们去检查车子，"哈德利命令道，"把她带出去。"

两个队员把那个哭泣的女人举起来，像抬着攻城的圆木一样把她弄出房间。哈德利回身走出屋子来到路边,克莱斯勒三百就停在那里。博斯和费拉斯跟在后面。

他们向车里张望,但是没有碰它。博斯发现车并没有锁,他弯腰从副驾驶的玻璃望进去。

"钥匙在里面。"他说。

他从外衣口袋里掏出一副乳胶手套,抖开并戴上。

"让我们先扫一遍,博斯。"哈德利说道。

警长示意他的一名队员拿着辐射监测器过来。那名队员拿着仪器对着车子扫了一遍,检测到由车行李箱发出的几声低弱的砰砰声。

"看来我们可以找到什么了。"哈德利说。

"我怀疑,"博斯说道,"它不在这儿。"

他打开驾驶一侧的门,把身体斜靠了进去。

"博斯,等——"

哈德利还没说完,博斯已经按下了行李箱的按钮。他听到空气泵砰的一声,行李箱打开了。他扭身下车,走到车后部。车行李箱是空的,但是博斯看到了他在斯坦利·肯特的保时捷行李箱里看到的相同的四个印子。

"已经不在了,"哈德利看着行李箱里面说,"他们肯定已经转移了。"

"是的,是在这辆车被放在这儿之前很久。"

博斯径直看着哈德利的眼睛。

"这是个误导,警长。我告诉过你的。"

哈德利靠近博斯,好让他的整个编队听不到他说的内容,却被佩克中途打断了。

"警长?"

"什么事?"哈德利咆哮起来。

"嫌疑人已经死了。"

"那么取消呼叫医护人员,叫法医来。"

"是,长官。这座房屋已经清理。没有那种物质,监测器检测不到任何信号。"

哈德利瞥了博斯一眼,随即回头看着佩克。

"告诉他们把这个地方再检查一遍,"他命令道,"这个笨蛋要去拿枪。他肯定早就藏了什么东西。如果需要,把这个地方翻个底朝天。特别是那个房间——看上去像是恐怖分子开会的地方。"

"那是一间祈祷室,"博斯说道,"当有人破门而入时,那家伙去拿枪也许是因为他极度害怕。"

佩克没有动,他在听博斯说话。

"去!"哈德利命令道,"把这地方翻个底朝天!那东西是在一个铅匣子里。你们没有捕捉到信号,不代表它不在这儿!"

佩克奔回屋子里,哈德利转过来瞪着博斯。

"我们需要法医组来检查这辆车,"博斯说道,"可我没有手机打电话。"

"去拿你的手机。"

博斯走到越野车边,看见刚才在屋里的那个女人被放在停在草坪上的越野车后排。她还在哭,博斯断定眼泪不会很快就停止。现在是为了萨米尔,以后为她自己。

等他倚进哈德利的越野车门里,才发现车子还在发动着。他关掉了引擎,打开贮物箱盖子,拿出了两部手机。他打开自己的,检查了一下给蕾切尔·沃琳的电话是否还在连接中。没有连接,他不知道先前那个电话有没有接通。

他转过身时，哈德利站在他身边。他们现在已经远离了其他人，没人能听到他们说话了。

"博斯，如果你想要找这个部门的麻烦，我就会找你的麻烦。明白吗？"

博斯在做出反应之前琢磨了一下。

"当然，警长。我很高兴你能替部门考虑。"

"我的关系一直通到上面，在局里也有。我可以玩死你。"

"感谢你的忠告。"

博斯起身要离开，但又停下。他想说点儿什么，又犹豫起来。

"想说什么？"哈德利说，"说吧。"

"我只是在想我以前的一个警长上司。这是很久以前的事了，在另外一个地方。他不断地制造错误的行动，不停地让人赔上性命。都是好人。到最后，这些都得停止。那个警长被他自己的几个人在厕所里打伤。事后大家都没办法把他身上的大便弄下来。"

说完，博斯要走开，哈德利却拦住了他。

"你这是什么意思？是威胁吗？"

"不，只是一个故事而已。"

"你管那个家伙叫好人？我来告诉你，当飞机去撞大楼的时候，那种家伙是站起来欢呼的。"

博斯边走边回答他。

"我不知道他是那种人，警长。我只知道他不是这案子的一部分，他只是和你一样被人设计了。如果你查到是谁向你告发了这辆车，告诉我。这会很有用。"

博斯走到费拉斯身边把手机还给他。他告诉搭档留在现场，监督法医组检查那辆克莱斯勒。

"你要去哪儿,哈里?"

"市区。"

"那和调查局的会怎么办?"

博斯没看手表。

"我们已经错过了。假如科学侦查部查出什么来,给我电话。"

博斯把他留在那儿,向他停车的娱乐中心走去。

"博斯,你去哪儿?"哈德利叫道,"这儿的事还没完呢!"

博斯没有回头,只是挥了挥手,继续走路。等他走到离娱乐中心还有一半距离的时候,第一辆前往萨米尔家的电视新闻车从他身边开过。

15

博斯希望能在突袭拉明·萨米尔家的新闻播出之前赶到位于市区的联邦调查局大楼。他试着给蕾切尔·沃琳拨电话，但是一直没有人接听。他知道她有可能在战术情报部那里，不过不知道确切的位置。他只知道联邦调查局大楼在哪里，但他一直有个想法，就是随着这次调查的规模和重要性的不断增长，指令将会来自主楼，而不是一个秘密的分部办公室。

他通过了安全门进入大楼，告诉那个检查他证件的警员他要去联邦调查局。他坐电梯到了十四楼。电梯门一打开，布雷纳就在门口迎接他。显然，博斯来到大楼的消息是由底下传上去的。

"我觉得你应该收到消息了。"布雷纳说。

"什么消息？"

"情况通报会议被取消了。"

"只要你的人发出这个消息，我肯定应该可以收到。根本就不会有这么个情况通报会，对吧？"

布雷纳假装没听见这个问题。

"博斯，你想要什么？"

"我想见沃琳特工。"

"我是她的搭档。你想要告诉她的任何事情,都可以告诉我。"

"只能是她。我想和她谈谈。"

布雷纳看着他琢磨了一会儿。

"跟我来。"他最后说道。

他并没等答复,就用一张带夹子的身份卡打开了一道门,博斯跟着他进去。他们沿着一个长长的走廊走着,布雷纳一边走一边回身问博斯:

"你的搭档呢?"

"他去了案发现场。"博斯说。

这不是谎话,博斯只是没说费拉斯在哪一个现场而已。

"另外,"他补充道,"我觉得他在那儿安全点儿。我不希望你们这帮人胁迫他。"

布雷纳突然停住,迅速地转过身来,盯着博斯的脸。

"你知道你在干什么吗,博斯?你在拖累一个意义深远的调查。证人在哪里?"

博斯耸了耸肩,仿佛在说他这样的反应是很正常的。

"艾丽西亚·肯特在哪儿?"

布雷纳摇摇头但是没说话。

"在这儿等会儿,"他说,"我去找沃琳特工。"

布雷纳打开了一扇门,上面的号码是1411。他退后一步好让博斯进去。等博斯走到门口,发现这是一间狭小而没有窗户的会见室,与他今天早上和杰斯·米特福德一起待过的那间很像。博斯突然被人从后面猛地推了进去,他回过身,看到布雷纳站在走廊里拉上了门。

"嗨!"

博斯去抓门把手,但已经太迟了,门从外面锁上了。他重重地捶了两下，心里却知道布雷纳是不会开门的。他转过身去看他被扣押的这个小小的空间。和洛杉矶警察局的会见室差不多，这间只有三件家具，一张小的方桌和两把椅子。估计在某个地方还有个摄像头，他举起手，竖起了中指。为了加强效果，他还旋转了一下。

博斯拉出一把椅子，反过来坐在上面，等他们出现。他把手机拿出来打开。他知道如果他们在监视他，他们不会让他打电话出去报告他现在的状况——这会让调查局很难堪。但是他看着手机屏幕，才发现这里根本没有信号。交给联邦调查局吧，博斯想，他们会考虑到一切问题。

漫长的二十分钟过去了，门终于打开了。蕾切尔·沃琳走了进来。她关上门，拉过博斯对面的椅子，一言不发地坐下。

"抱歉，哈里，我在战术部那边。"

"这他妈怎么回事，蕾切尔。你们的人现在竟然能不顾别人的意愿扣留警察了？"

她看上去很吃惊的样子。

"你在说什么？"

"你在说什么？"博斯用嘲弄的语气重复着她的话，"你的搭档把我锁在这儿了。"

"我进来的时候门并没有锁。你试试。"

他挥挥手示意别再说了。

"算了吧。我没时间玩这个。调查进展得如何了？"

她抿了一下嘴唇好像在考虑如何答复。

"进展就是你和你的部门在四处乱跑，就像盗贼进了珠宝店一样，把看到的箱子给砸了。现在你们分不清哪个是钻石哪个是玻璃了。"

博斯点点头。

"你知道拉明·萨米尔吗?"

"谁不知道。已经上了新闻了。那里发生了什么?"

"一级错误就是发生了什么。我们被算计了,国土安全办公室被算计了。"

"听起来像是某人被算计了。"

博斯越过桌面,倾身过去。

"但是这说明了什么,蕾切尔。把国土安全办公室的人引到萨米尔那里的人知道他是谁,也知道他会轻而易举地成为目标。他们把肯特的车停在他家门前,因为他们知道我们会白费力气。"

"这也有可能是对萨米尔的报复。"

"你这是什么意思?"

"这些年来,他一直在美国有线新闻网上煽风点火。他的行为可能会被当作对他们事业的损害,因为他在敌人面前暴露了身份,加强了美国人的怒火和决心。"

博斯没听明白。

"我以为煽动是他们的一种手段,我以为他们喜欢这家伙。"

"也许,这很难说。"

博斯不太确定她想要表达什么。但是当蕾切尔越过桌子,靠过来的时候,他突然发现她有多么生气。

"现在让我们来说说你,在那辆车被找到以前,你一个人是怎么把事情搞糟的。"

"你在说什么?我是在调查一起谋杀案。这是我的——"

"是的,以有可能陷整个城市于危险中这样的代价去解决一宗谋杀案,用你那小气、自私和自以为是的执着——"

"得了吧,蕾切尔。你觉得我不知道什么是生死攸关吗?"

她摇了摇头。

"如果不是你们隐瞒了一个关键性的证人。你没有看到你在做什么吗？你不知道调查现在走到哪一步是因为你们忙着藏起证人，还用拳头打了我们的特工。"

博斯向后靠了靠，显然很吃惊。

"这是麦克斯威尔说的吗，说我用拳头打了他？"

"他说了什么并不重要。我们正努力控制一个有可能成为灾难的局面，我不理解你为什么要采取你现在正在采取的行动。"

博斯点点头。

"有道理。你们把某些人排除在他自己的案子之外，而理由就是你们不知道他正在做什么。"

她举起双手，好像要阻止一列迎面而来的火车。

"那好，我们就在这儿停下。和我谈谈，哈里。你的问题是什么？"

博斯看了她一眼，再抬眼看着天花板。他研究了一下房间上面的四个角落，然后垂下眼睛回到她那儿。

"你想要谈谈？那我们出去走走，那时候可以谈。"

她没有犹豫。

"行，好的，"她说，"我们出去谈。然后你把米特福德给我。"

沃琳站起身来，向门口走去。博斯注意到她很快扫了一眼后面墙上高处的空调护栅，这也让他确认了他们在监视的想法。

她拉开没有锁上的门，布雷纳和另一个特工正等在走廊里。

"我们要出去走一会儿，"沃琳说，"就我俩。"

"好好享受，"布雷纳说，"我们在这继续追踪铯，也许能救下一些生命。"

沃琳和博斯没有回答。她领着他穿过走廊。快走到电梯间的门口时，博斯听到后面传来一个声音。

"嗨，老兄！"

他刚转过身，麦克斯威尔的肩膀已经撞上了他的胸口。他被撞到墙上继而被举起，抵着墙壁。

"这次你不仗着人多了吧，是不是，博斯！"

"停下！"沃琳喊道，"克里夫，停下！"

博斯伸出一只胳膊绕着麦克斯威尔的脖子，想要用锁头法击败他。但是沃琳插手进来，她把麦克斯威尔拉开，然后把他推回到走廊。

"克里夫，回去！走开！"

麦克斯威尔开始退回到走廊。他伸出一只手指，越过沃琳的肩膀指着博斯。

"滚出我的大楼，浑蛋！滚出去，不准进来！"

沃琳把他推进第一间开着门的办公室，然后把门带上。这个时候，其他一些特工都跑到走廊上看热闹。

"没事了，"沃琳宣布道，"大家都回去工作吧。"

她回到博斯身边，推着他进了电梯。

"你怎么样？"

"只是呼吸时还有点儿疼。"

"浑蛋！这家伙失控了。"

他们乘电梯下到车库，从那儿上了一个斜坡，出去就到了洛杉矶大街。她向右拐，博斯跟上。他们慢慢地远离高速公路传来的喧嚣。她看了看手表，然后指了指一栋现代化的办公大楼。

"那儿有一家相当好的咖啡店，"她说，"但是我不想花太多时间。"

这是社会安全管理局的新大楼。

"另外一栋联邦大楼，"博斯叹了一口气，"麦克斯威尔可能觉得这也是他的。"

"你别再说了，好吗？"

他耸了耸肩。

"我很惊讶麦克斯威尔竟然承认我们回到那座房子了。"

"他为什么不能？"

"我推断他被派往那座房子是因为他已经被当成一个笨蛋而受到排斥和冷落。为什么要承认被我们制服然后得在那待更长的时间呢？"

沃琳摇了摇头。

"你不明白，"她说，"首先，战术情报部没人会受到冷落。这里的工作至关重要，队伍里不能有任何笨蛋。其次，他不在乎别人怎么想他。他在乎的是让每个人都知道你是怎么把事情搞糟的。"

他试着转移话题。

"我来问你点事情。他们知道你和我的事情吗？我们的历史，我是说。"

"回声公园事件之后，他们不想知道都难。但是，哈里，不用担心这些。现在这都不重要了。你是怎么回事？现在外面有的铯足以关闭一个飞机场，而你看上去好像一点儿都不在乎。你看这案子就好像这只是一起谋杀案。是的，是有人被杀了，但是这并不是全部。这是一起抢劫，哈里。你明白吗？他们要找的是铯，现在他们拿到了。假如我们可以和那个唯一的知情证人谈谈，这能帮上大忙。那么，他在哪儿？"

"他很安全。艾丽西亚·肯特在哪儿？还有她丈夫的合作伙伴在哪儿？"

"他们也很安全。那个合作伙伴在我们这接受问询，他的妻子被我们安置在战术部,直到我们确认从她那里得知的所有情况。"

"她不会派什么用场的。她不能——"

"这就是你的问题所在,她已经很有用处了。"

博斯无法抑制住自己眼神中的惊讶。

"怎么?她说她甚至都没有看到他们的脸。"

"她是没有。但是她听到了一个名字。当他们对话的时候,她听到了一个名字。"

"什么名字?她之前并没有说到这个。"

沃琳点了点头。

"这就是为什么你应该交出你的证人。我们的人有一种专长:从证人嘴里套出信息。我们能得到你们得不到的信息。我们从她那得到了,也能从你的证人那里得到。"

博斯觉得自己的脸开始红了。

"你们的审讯高手从她那儿得到的名字是什么?"

她摇摇头。

"我们俩不是在做交易,哈里。这宗案子涉及国家安全。你是局外人。还有,顺便说一下,无论你让你们的警察局局长给谁打了电话,都不会是一种交换。"

此时,博斯明白,他甜甜圈店的会面已经毫无用处了。即使是局长也要站在外面向里面张望。不管艾丽西亚·肯特提供的名字是谁,他肯定能点亮联邦调查局的榜单,如同时代广场上的大屏幕一样闪亮。

"我所有的就是这个证人了,"他说,"我就拿他来换这个名字。"

"你为什么想要这个名字?你根本就没有办法靠近这个家伙。"

"因为我想知道。"

她把双臂抱在胸前，斟酌了一会儿。最后，她看着他。

"你先说。"她说道。

博斯盯着她的眼睛犹豫着。六个月前，他本可以用他的一生来相信她。现在，情况不一样了。博斯不是那么确定。

"我把他藏在我那儿，"他说，"我想你应该记得。"

她从法兰绒上衣口袋里掏出手机，打开手机要打电话。

"等一下，沃琳特工，"他说，"艾丽西亚·肯特给你的名字是什么？"

"对不起，哈里。"

"我们不是已经说好了吗？"

"国家安全，抱歉。"

她开始在手机上输入号码。博斯点了一下头。他猜对了。

"我骗你的，"他说，"他不在我那儿。"

她猛地把手机合上。

"你怎么回事？"她生气地问道，声音都变得刺耳，"我们已经花了超过十四个小时的时间追踪铯。你有没有想到它有可能已经被放入一个装置中？有可能已经成为——"

博斯向前走过去靠近她。

"告诉我名字，我就给你证人。"

"那好！"

她把他推开。他知道她因为被发现撒谎而生自己的气。这是不到十二小时内的第二次了。

"她说她听到那个名字是莫比，行了吧？当时她不知道这是什么，她根本没意识到自己听到的实际上是个名字。"

"有个叙利亚恐怖分子叫莫马尔·阿齐姆·纳塞尔。据称，他现在我们国家。他的朋友和同伴都叫他莫比。我们不知道为什么，但是他凑巧和那个叫莫比的歌手长得很像。"

"谁？"

"没什么。你这代人不知道。"

"但你确定她听到的是这个名字？"

"是的。她给我们的就是这个名字。我现在已经告诉你了。现在，证人在哪儿？"

"等会儿。你已经骗过我一次了。"

博斯掏出手机正要打电话给他的搭档，才想起费拉斯这会儿还在西尔弗湖案发现场，还不能给他提供资料。他又打开电话的通讯录，找到凯丝·赖德的号码拨打出去。

凯丝马上就接听了电话。博斯的号码已经显示在来电通讯中。

"你好，哈里。今天你很忙啊。"

"局长告诉你的？"

"我总有一些消息来源的。怎么样了？"

博斯说话的时候盯着沃琳，看着她的眼睛由于怒火而变得阴沉。

"我需要老搭档帮我个忙。你上班还带着那个笔记本电脑吗？"

"当然。什么忙？"

"你的那台电脑能查到《纽约时报》的档案文件吗？"

"可以的。"

"那好，我这儿有个名字。我想你能不能帮我查一下，看看有什么新闻。"

"稍等，我得连接上网络。"

刚过几秒钟，博斯的电话发出了嘟嘟声，有另一个电话打进来。但他没接，还是和凯丝保持连线，很快她那边就准备好了。

"什么名字？"

博斯用手把手机捂住，要沃琳再说一遍那个叙利亚恐怖分子的全名。然后他重复给凯丝，等着她查询消息。

"哦，很多的点击率，"她说，"回到八年前。"

"给我一些详细描述。"

"嗯，都是一些中东方面的消息。他被怀疑卷入了一系列绑架和爆炸案，等等。据联邦的一些消息来源说，他还和基地组织有联系。"

"最近的消息怎么说？"

"嗯，我来看一下。是关于在贝鲁特的一起汽车爆炸案，十六个人遇害。是2004年1月3号的事情。之后就没有了。"

"上面有没有一些昵称或是假名什么的？"

"嗯……没有。我没看到这些。"

"好，谢谢。我再给你电话。"

"等一下，哈里。"

"怎么了？我得走了。"

"听着，我就想告诉你，当心一点儿，好吗？和你较量的，是个与以前完全不同的团体。"

"好的，我知道了，"博斯说道，"我得走了。"

博斯结束了通话，然后看着沃琳。

"在《纽约时报》上没有任何关于这家伙在这个国家的消息。"

"因为他们不知道。这就是为什么艾丽西亚·肯特的信息是如此重要。"

"什么意思？就因为她听到一个甚至有可能不是名字的词，你就相信她说的这家伙在这个国家？"

她抱起了双臂，开始失去耐心。

"不，哈里，我们知道他在这个国家。我们有去年八月在洛杉矶入境安检的录像。我们只是没及时赶到那里抓住他。我们相信他是和另外一名基地组织成员一起入境的，那个人名叫莫哈默德·阿尔·费耶德。不知怎么回事，他们溜进了这个国家——见鬼，边境上的人防守不严——谁知道他们有什么计划。"

"你觉得他们拿了铯？"

"不知道。但是有情报说阿尔·费耶德抽没有过滤嘴的土耳其香烟，这——"

"抽水马桶盖上的烟灰。"

她点点头。

"对。他们还在分析，但是，他们在办公室打了赌，八比一，认为那是一支土耳其香烟。"

博斯点了点头，突然觉得自己之前的行为和隐瞒信息的做法都很蠢。

"我们把证人安置在威尔科克斯街的马克·吐温酒店，"他说，"三○三房间，用斯蒂夫·金的名字。"

"聪明。"

"还有，蕾切尔？"

"什么？"

"他告诉我们说，他听到枪手在扣动扳机的时候大喊了安拉。"

当她再次打开电话的时候，用眼睛仔细评判着他。她只按了一个键，等待接通的时候对博斯说：

"你最好希望我们能找到这些人，赶在——"

电话这个时候接通了，她停了下来。在告知对方信息时，她根本没有表明自己是谁，也没有任何形式的寒暄。

"他在威尔科克斯街的马克·吐温酒店，三〇三房间，去找他。"

她关上手机，看着博斯。这回，他在她眼中看到的比评判更糟，是失望和漠然。

"我得走了，"她说，"赶去机场、地铁，还有购物中心，直到我们找到铯为止。"

她把他丢下，转身就走。博斯看着她离开，这时候，他的电话又开始响了。他接听着电话，眼睛并没有从她的身影移开。电话是菲尔顿，那个副验尸官打来的。

"哈里，我一直在找你。"

"怎么了，乔？"

"我们刚刚转到安吉尔皇后医院去搜集证据——几个青少年犯罪团伙的成员，他们昨天在好莱坞开枪之后，又惹了麻烦。"

博斯记得这案子，杰里·埃德加提到过的。

"怎么了？"

博斯知道验尸官不会就为了消磨时间来给他电话。肯定有原因。

"我们到了医院。我去休息室弄点咖啡，无意中听到几个医护人员在讨论他们刚刚收治的一个病例。他们刚刚收进来一个家伙，急症室诊断是ARS。这让我想到有可能和高地上的那个家伙有关。你知道的，由于他带着那个辐射预警指环。"

博斯尽量让自己的声音显得很平静。

"乔，什么是ARS？"

"就是急性放射性综合征。医生说他们不知道这家伙得了什么病。他受了灼伤，吐得到处都是。他们把他转到急症室，那里的医生说这是相当糟糕的辐射曝光，哈里。现在医生在等检验报告，看是否是辐射曝光。"

博斯开始向蕾切尔·沃琳走去。

"他们在哪儿找到那家伙的?"

"我没问,但是我猜如果是有人送他来这儿,那肯定是好莱坞的某个地方。"

博斯开始加快速度。

"乔,我想要你挂断电话,立刻从医院保安部找个人看着那家伙。我马上就来。"

博斯啪地合上手机,开始飞跑起来去追蕾切尔。

16

好莱坞高速公路上的车流以缓慢的爬行速度拥向市区。按照交通物理学的法则——每一个动作都有一个相同和相反方向的作用力——博斯在向北出城的车道上顺利地行驶着。当然,这还得借助于他车上的警报器和闪光灯,让他前面的几辆车都迅速地移到路边把路让出来。外加力也是博斯很善于运用的法则。他把维多利亚皇冠车开上了九十号公路,双手使劲地握着方向盘,指节都发白了。

"我们这是要去哪里?"蕾切尔·沃琳大声吼着,声音盖过了警报器。

"我告诉过你。我带你去找到铯。"

"这是什么意思?"

"意思就是安吉尔皇后医院的医护人员刚刚把一个患有急性放射性综合征的人送进急救室。我们四分钟后到那里。"

"该死!你干吗不告诉我?"

答案是他想抢先一步到达那里,但是他没有将此想法告知蕾切尔。当她打开手机按下号码键的时候,他依旧沉默着。随后她伸手去够车顶,按掉了警报器的触发器。

"你干什么?"博斯大声说道,"我需要这个到——"

"我需要能说话!"

博斯把油门松开,让车速降到安全的七十迈。一分钟之后,她的电话接通了,博斯听到她喊出指令。他希望对方是布雷纳而不是麦克斯威尔。

"将队伍从马克·吐温酒店转到安吉尔皇后医院。赶紧找一支辐射污染组,让他们也去那里。派一支后援队和一支能源评估小组。那里有一起曝光病例,也许能带我们找到那个失踪的物质。立刻行动,然后给我电话。我三分钟后抵达现场。"

她挂断了电话,博斯又把警报触发器打开。

"我说过四分钟!"他吼起来。

"给我看看你的能耐!"她吼了回来。

尽管根本不需要,他还是再次踩住油门。他有把握第一个到达医院。他们已经过了高速公路上的西尔弗湖,差不多就要到好莱坞了。事实上,他任何时候都可以在好莱坞高速公路上合法地开到九十迈,他可以好好利用这一点。在这座城市里,敢说自己白天能做到这样的没有多少人。

"受害者是谁?"蕾切尔喊着。

"不知道。"

两个人缄默了好长一段时间。博斯专心开车和思考。这案子里有太多的东西困扰着他。他觉得需要一吐为快。

"你觉得他们怎么会以他为目标?"他问。

"什么?"沃琳回答着,从自己的思绪中回过神来。

"莫比和阿尔·费耶德。他们怎么会以斯坦利·肯特为目标的?"

"我不知道。会不会是他们其中一个现在医院里,我们要问一下。"

博斯停了一会儿。一直这样喊下去,太累了。但是他又高声喊出另一个问题。

"在那座房子里发生的所有事情不让你感到奇怪吗?"

"你在说什么?"

"那把手枪、照相机、他们用的电脑。每一样东西。食品储藏室里有瓶装的可乐,他们用来捆绑艾丽西亚·肯特的绳扣和她在后院支撑她的玫瑰花用的绳扣一样。这个不让你感到奇怪吗?他们闯进门的时候除了一把小刀和滑雪面罩之外什么都没有。就这个案子而言,这不更让人奇怪吗?"

"你要记住,这些人是灵活多变的。他们在军营训练这些人。阿尔·费耶德是在阿富汗一个基地组织的军营里受训的。阿尔·费耶德又教了纳萨尔[①]。他们可以随机应变。你可以说他们用几架客机或是几把纸箱切割器拆毁了世贸中心。这都取决于你怎么看待。比他们所拥有的工具更重要的是他们的义无反顾——我敢肯定这是你欣赏的品质。"

博斯正要答话,他们已经开到了高速的出口,他不得不集中注意力迂回穿行到地面的街道上。两分钟后他终于关掉了警报器,开进了安吉尔皇后医院的急救车道。

菲尔顿在拥挤的急救室里等他们,然后带他们去治疗区,那里有六个急救隔间。一个私人安全警卫站在一个带帘子的隔间外面,博斯走上前出示了警徽。他没跟那个警卫打个招呼,就直接撩开帘子走进治疗隔间。

病人独自躺在挂着帘子的隔间里。他是一个身材瘦小的男人,有着深色头发和褐色皮肤,躺在一大堆像蜘蛛网一样的管线下面。

---

①纳萨尔(Mustafa Setmarian Nassar),基地组织领导人之一,曾参与策划"九一一事件"。

这些管线从他头顶处的医疗仪器一直延伸到他的四肢、胸部、嘴巴和鼻子。病床被安置在一个透明的塑料帐子内。那个人占了不到一半的床，看起来有点像遭到了他周围那些仪器的攻击。

他的眼睛半闭着，一动也不动，身体的大部分暴露在外，几块类似遮羞布的毛巾绑在他的外阴部，腿部和躯干都能看见。他右侧的腹部和臀部上有大面积的烧伤，右手上也显露出同样的烧伤痕迹——皮肤上有看着就很疼的红色灼伤带，四周大量渗出紫色液体。在这些烧伤的皮肤上已经被涂抹了一层透明的凝胶，但似乎无济于事。

"其他人呢？"博斯问道。

"哈里，别靠近，"沃琳警告他，"他还没清醒，在开展下一步的行动之前，我们先出去和医生谈谈吧。"

博斯指了指病人的烧伤，问："这些是受了铯的辐射吗？会有这么快吗？"

"直接暴露在一定集中的量中，就会这样。这要取决于暴露的时间有多长。看上去好像这家伙直接把那东西放进了他的口袋里。"

"他像莫比或是阿尔·费耶德吗？"

"不，这两个人他都不像。走吧。"

她退后穿过了帘子，博斯紧随其后。她要求那个警卫把治疗这个人的医生找来，随后她翻开手机按了一个键。电话很快接通了。

"是真的，"她说，"我们找到一个受到直接辐射的人。我们需要在这儿建一个指挥点，并且马上制定一个防护方案。"

她听了几句，然后又回答了一个提问。

"不，两个都不是。我现在还没有确认身份，一旦确认，我马上打电话。"

她挂断了电话，看着博斯。

"十分钟之内,辐射小组将抵达这里,"她说,"我来负责这个指挥点。"

一个穿着医院蓝色制服的女人走过来,身上戴着姓名牌。

"我是加纳医生。在我们了解发生在这个病人身上的情况之前,你们得离他远些。"

沃琳和博斯向她出示了各自的证件。

"你能告诉我们哪些情况?"沃琳问道。

"现在还不多。他现在是综合并发症的前驱症状——辐射曝光的前期症状。现在的问题是,我们不知道他是受到什么物质以及多长时间的辐射。只有这些信息能让我们清楚地了解情况,否则我们无法给出确切的治疗方案。我们在犹豫斟酌。"

"都是些什么症状?"沃琳问。

"哦,你看到的这些烧伤其实对我们来说最不成问题。最严重的伤害是内脏。他的免疫系统已经全部失效,胃部大部分内壁和胃肠道被损坏。我们已经控制住了情况的进一步恶化,但是我不抱有太大希望。身体遭受的压力导致他心脏骤停。十五分钟前我们刚组织了一个医生小组。"

"从辐射曝光到那个前什么症状之间会有多久?"博斯问道。

"前驱症状是在首次辐射的一个小时之内。"

博斯望着躺在罩住整张床的塑料帐子里那个人,想起哈德利警长形容萨米尔躺在他的祈祷室地板上垂死的时候说的那句话:他在往深渊里掉。他知道这个躺在医院病床上的人也在掉入死亡的深渊。

"你能告诉我们他是谁以及在哪里被发现的吗?"博斯问那名医生。

"这你得问医护人员了,"加纳回答道,"我没有时间问这个。我所听到的是他是在街上被发现的。他当时已经摔倒了。至于他是谁……"

她拿起病历记录板，读着第一页上的信息。

"他登记的名字是蒂格贝托·冈萨雷斯，四十一岁。上面没有住址。我现在就知道这些。"

沃琳走到旁边，再次掏出手机。博斯知道她这次是去通报这个名字，去恐怖分子数据库核对一下。

"他的衣服在哪儿？"他问医生，"还有钱包。"

"因为辐射的缘故，他的衣服和所有的物品在急救室就被拿走了。"

"有没有人检查过这些物品？"

"没有，先生，没人愿意冒这个险。"

"东西都被拿到哪里去了？"

"这你得问护士。"

她指指治疗区中间的一个护士站。博斯走过去。坐在桌边的一个护士告诉博斯，从这个病人身上取下的所有物品都被放入一个医疗废弃物品箱，随后要被送到医院的焚化炉内。目前还不清楚的是，根据医院处理污染病例的规定程序或者为了摆脱有关冈萨雷斯的不确定因素带来的致命恐惧，东西是否已经被送去。

"焚化炉在哪儿？"

那名护士没有直接给他指路，而是叫了那名警卫，让他带博斯去焚化室。博斯正要走，沃琳叫住了他。

"带上这个，"她说着从腰带上解下辐射监测警报器递给他，"记住，我们的一支防辐射小组马上就到。你不要冒险。假如真有辐射，你一定要退后，我是说真的，你一定要退后。"

"明白。"

博斯把监测器放进衣兜。他和那名警卫很快穿过一个走廊，接着从楼梯下到地下室。然后他们又走了另外一条过道，感觉好像走了至少有一个街区那么长的路，此时离大楼已经很远了。

等他们到达焚化室的时候，那里是空的，看起来也没有焚烧过的痕迹。地上有个三英尺高的箱子，上面用胶带密封着，胶带上还写着几个字警告：危险废弃物。

博斯拿出钥匙圈，上面有把小笔刀。他在金属箱边蹲下，用小刀去割开密封带。在他眼角的余光中，他注意到那名警卫向后退了几步。

"也许你该在外面等着，"博斯说道，"我们俩没必要都——"

他话还没说完，就听见门在他身后关上的声音。

他低头看看金属箱，吸了一口气，打开盖子。蒂格贝托·冈萨雷斯的衣物被杂乱地扔在箱子里。

博斯从口袋里拿出沃琳给他的监测器，像挥舞着魔杖一样在敞开的金属箱外面挥了挥。监测器并没有发出任何声音。他舒了一口气。然后，他把金属箱底朝上翻过来，把箱子里的东西都倒在了水泥地上，就像在家里倒空一只废纸篓那样自然。把金属箱滚到一边之后，他再一次用监测器在衣服上来回扫。没有任何警报。

冈萨雷斯的衣服是被人用剪刀从他身上剪下来的。里面有一条弄脏的蓝色牛仔裤、一件工作服、一件T恤，以及内裤和袜子，还有一双工作靴，鞋带也被剪刀剪断了。一只黑色的小皮夹散开在地上的衣服中间。

博斯先从衣服开始检查。工作服的口袋里有一支笔和一个轮胎压力表。在牛仔裤后面的一个口袋里，还塞着一副工作手套，在左前面的口袋里有一串钥匙和一部手机。博斯琢磨了一下所见到的冈萨雷斯右臀和右手边的灼伤，但是当他翻开牛仔裤右前面的口袋时，却没有发现铯。口袋是空的。

博斯把手机和钥匙放在钱包旁边，开始仔细检查他的所有物。在其中一把钥匙上他看到一个丰田的标志。现在他才明白，一辆车也是所有环节的一部分。他打开手机想找通讯录，但不得要领，只好放到一边再去检查钱包。

钱包里没有多少东西，有一张墨西哥驾照，上面有蒂格贝托·冈萨雷斯的名字和照片。他来自墨西哥的瓦哈卡州。在钱包的一个插袋里，他找到一个女人和三个孩子的照片——博斯猜这些照片是在墨西哥拍的。钱包里没有绿卡或是公民身份证件，也没有信用卡，在皮夹里，只有六美元的钞票和几张在山谷区的典当行当票。

博斯把钱包放在手机旁边，站起来拿出自己的手机。他翻看着通讯录直到找到沃琳的手机号码。

她立刻就接了他的电话。

"我检查了他的衣服。没有铯。"

对方没有反应。

"蕾切尔，你有没有——"

"是的，我听见了。我只是希望你能找到衣物，哈里。我只是希望你能尽快回来。"

"我也是。那个名字有什么结果吗？"

"什么名字？"

"冈萨雷斯。你打电话问了，不是吗？"

"哦，对，是的。没有，什么都没有。我的意思是什么都没查到，连一张驾照都没有。我想这肯定是个假名。"

"我这里有一张墨西哥的驾照。我觉得这家伙是非法移民。"

回答之前,她思考了一会儿。

"嗯,据说纳萨尔和阿尔-费耶德是从墨西哥边境进来的。也许那里是联系点,也许这家伙为他们工作。"

"我不知道,蕾切尔。我刚在这儿找到了工作服,工作靴。我觉得这家伙——"

"哈里,我得走了。我们的小组来了。"

"好的,我马上回来。"

博斯把手机装进口袋,接着把衣服和靴子收集起来放回到金属箱里。他把钱包、钥匙和手机放在衣服上面,然后带上金属箱。在从长长的走廊到楼梯的那段回去的路上,他再次拿出手机,呼叫中央调控中心。他要调度员找出把冈萨雷斯送到安吉尔皇后医院的医护电话的所有细节,手机保持连接状态。

在调度员回到线上和他通话之前,他已经上了楼梯,回到急救室。

"你询问的电话来自早上十点零五分里卡汉加大道九百三十号一家名叫易择的打印店。那个人倒在停车场里。第五十四号消防站的医护人员回应救援。回应的时间是六分钟十九秒。还有什么问题?"

"那个地点最近的十字路口在哪里?"

过了一会儿,调度员告诉他交叉路是兰克谢大道。博斯表示了感谢后挂断电话。

冈萨雷斯倒下的那个地方离穆赫兰高地并不远。博斯意识到,目前为止几乎每个与这个案子有关联的地点——从案发现场到受害人的家到拉明·萨米尔的家到现在冈萨雷斯倒下的地点——都显示在托马斯兄弟地图册的一页地图上。在洛杉矶的谋杀案通常都会让他翻遍整个地图册。但是这宗案子不用漫步了,它靠得很近。

博斯四下望望急救室,发现之前拥挤在等待室里的人都不见了。

人们被紧急疏散，穿着防护服的特工们正带着辐射监测器在这个区域来回走动。他发现蕾切尔·沃琳在护士站那里便走了过去。他拿出金属箱。

"这是那家伙的东西。"

她接过箱子，放在地板上，随后叫来一个穿着保护装备的人。她要他负责这个箱子，然后转过来看着博斯。

"里面有个手机，"他告诉她说，"他们也许能从里面找到点儿什么。"

"我会告诉他们的。"

"受害人怎么样了？"

"受害人？"

"无论他是否卷入其中，他都是一个受害人。"

"如果你要这样说，好吧。他还在抢救中。我不知道我们是否会有机会和他谈谈。"

"那我要走了。"

"什么？你要去哪儿？我和你一起去。"

"我觉得你得负责这个指挥点。"

"我转给别人了。如果这里没有铯，我是不会待在这儿的。我要跟着你。我去通知他们换指挥的事儿。"

博斯有点儿犹豫，但是在内心深处他知道他想让她跟着自己。

"我出去到前面的车里。"

"我们要去哪里？"

"我不知道蒂格贝托·冈萨雷斯是一名恐怖分子还是一个受害人，但是我知道一点，他开着一辆丰田车，而且我知道在哪里能找到那辆车。"

17

哈里·博斯知道他的交通物理学在卡汉加大道上是派不上用场的。好莱坞高速公路位于山脉围绕的瓶颈地带,双向都行驶缓慢。他决定在地面街道上开,先上汉兰得大街经过好莱坞露天剧场,再上去进入大道。在路上他向蕾切尔·沃琳说明了情况。

"呼叫医护的电话来自兰克谢附近卡汉加大道上的一家打印店。冈萨雷斯倒下的时候肯定就在这个区域。最早的电话说一个人倒在停车场了。我希望他开的那辆丰田车也正好在那儿。我敢打赌如果我们找到那辆车,就能找到铯。疑点就是为什么他会有这东西。"

"还有就是为什么他会笨到没采取任何保护措施就把它放进口袋。"沃琳补充道。

"你这种说法是基于他知道他拿的是什么东西。也许他根本不知道,也许事情不是我们认为的那样。"

"在冈萨雷斯和纳萨尔与阿尔·费耶德之间,博斯,得要有个连接点。很有可能是他带他们过的边境。"

博斯开心得几乎要笑起来。他知道她曾经用喊他的名字作为一种亲昵的表示。他还记得当初她是怎么喊他的。

"别忘了还有拉明·萨米尔的事。"他说。

沃琳摇了摇头。

"我在想他是一个假的路标,"她说,"一个误导。"

"很恰当的误导,"博斯回答道,"它让强大的'蛋·不得力'警长找不着北了。"

她大笑起来。

"你们就这么叫他的吗?"

博斯点点头。

"不是因为他的脸,肯定不是。"

"那他们怎么叫你的?我猜肯定是那些什么硬汉或是头脑冷静之类的。"

他扫了她一眼,耸了耸肩。他想告诉她在越南的时候,他的外号叫哈里·卡里,但是这又要费一番口舌去解释,现在不是时候,也不是地方。

他上了从汉兰得大街到卡汉加大道的斜坡。这条路和高速公路是平行的。等他审视方向的时候他发现自己的选择是对的。在高速公路上的双向车流都已经完全堵住了。

"你知道,我的手机通讯录里还有你的号码,"他说,"我觉得我永远都不会想删除它。"

"我想知道今天你发给我的那条关于烟灰的刻薄短信的时候,你是怎么想的。"

"我没想到你会保存我的号码,蕾切尔。"

在答话之前,她停了很长一段时间。

"我想你的也会一直在我的手机里,哈里。"

这一次,他真的笑了,哪怕是让他回到过去,成为和她在一起的那个哈里。还是有希望的,他想。

他们快要到兰克谢大道了。右拐向下走就到了高速公路下面的隧道，往左通到一个购物中心带，那个最初呼叫急救的电话就来自那里的易择打印店。博斯的眼睛搜寻着小停车区的车辆，看看有没有一辆丰田车。

他缓缓地滑进左边的车道，等着开进停车区。他在座位上扭动着身体，检查卡汉加大道两边的停车。迅速扫视一遍之后，并没有发现丰田车。但他知道这个牌子有很多车型和皮卡。如果他们没在打印店这边的停车区找到那辆车，他们就得到路边停车区去找了。

"你有没有车牌号或是其他什么信息？"沃琳问，"是什么颜色？"

"没，没有，都没有。"

博斯这才想起她有个习惯，就是一次要问无数个问题。

他在黄线处拐过来，开进停车区。里面已经没有停车位了，他也不是想要停车。他慢慢地开着，检查着每一辆车。还是没有丰田车。

"当你需要一辆丰田车的时候，它在哪儿呢？"他说，"应该在这个区域的某个地方。"

"也许我们应该检查整条街。"沃琳建议道。

他点点头，小心地把车开进停车区最后面的小巷内。他打算向左拐，转过来回到街上。但是当他向右查看以便拐弯的时候，他看到一辆带着帐篷罩子的白色旧皮卡车停在小道内半个街区远的地方，就在一个绿色的大垃圾桶旁边。皮卡车正对着他们，他无法判断出它的制造厂商。

"那是一辆丰田吗？"他问。

沃琳转过来看了看。

"博斯，你是个天才。"她大声地叫了起来。

博斯把车转过来开向皮卡，等开近些，他发现的确是一辆丰田。

沃琳也看到了。她掏出电话，但是博斯伸手过去，按住了她的手机。

"我们先检查一下。或许我判断错了。"

"不，博斯，你今天一直都很顺。"

但是她还是把手机放到了一边。博斯缓缓地开过那辆皮卡车，先总体查看一下。然后他再拐到街区的尾端掉头回来。他把他的车停在离那辆车十英尺的地方。那辆车后面没有车牌，在车牌的位置放了一张写着"车牌丢失"的硬纸板。

博斯希望自己带了在蒂格贝托·冈萨雷斯口袋里发现的钥匙。他们下了车，慢慢靠近皮卡，从车的两边走上前去。博斯靠近车的时候，他注意到帐篷罩子后面的小窗子还留着一个几英寸的缝。他走上前，把窗子往上打开。一个气压铰链锁住窗子，不让它掉下来。博斯探身进去查看。车停在阴凉处，帐篷的窗子也被涂得很暗，所以里面很黑。

"哈里，你有监测器吗？"

他倾身进去查看黑暗之中皮卡车货舱里的情况时，从口袋里掏出她的辐射监测器，举在手里。警报没有响。他回过身，把警报器插在腰带上。随后他摸到门锁，把皮卡车的后车厢挡板放了下来。

卡车的后面堆满了废弃物。有四处散落着的空瓶子和易拉罐，一把断了一条腿的皮办公椅、铝片废料、一个旧的冷水机，还有其他一些废品。在右侧轮毂包旁边有个灰色的铅匣子，就像一个装了轮子的小拖把桶。

"那里，"他说，"是那个猪匣吗？"

"我觉得是，"沃琳激动地说，"我觉得是！"

匣子上没有警告标示，也没有辐射警告标志，也许都被撕掉了。博斯探身过去，抓住一个把手。他把匣子从那些废弃物的空隙处拽过来，滚到卡车的后挡板处。匣盖有四个地方上了锁。

"我们要打开确定东西在里面吗？"他问。

"不，"沃琳说，"我们退后呼叫小组来，他们有防护措施。"

她又掏出了手机。趁她打电话呼叫防辐射小组和后援单位的时候，博斯转到皮卡车前面，透过窗子往驾驶室里看。他看到在驾驶台上有一只压扁了的棕色包，包上还有一个吃了一半的玉米煎饼，副驾驶那侧有更多的废弃物。他的眼睛停在了一部相机上，那相机放在副驾驶座上一只断了把手的旧公文包上，看上去一点儿都不破旧，也没有弄脏，是崭新的。

博斯检查了一下车门，发现并没有上锁。他意识到当铯开始灼伤冈萨雷斯的身体时，他已经忘记他的卡车和财产了。他从车里出来，跌跌撞撞地走到停车区，寻求帮助，丢下了其他所有的东西，也顾不上锁车。

博斯打开驾驶一侧的车门，把辐射监测器伸了进去。什么都没有发生，警报也没有响。他往后直起身来，把监测器放回到腰带上，再从口袋里掏出一副乳胶手套戴上，这个时候，听到沃琳在和什么人说找到猪匣的事情。

"不，我们没有打开它，"她说，"你要我们打开吗？"

在回答之前，她听了一会儿。

"我觉得不行。尽快让他们到这里来吧，也许事情就可以结束了。"

博斯从驾驶一侧的门探身进到卡车内，拿起了相机。这是一部尼康数码相机，他记得科学侦查部在肯特家床底下发现的镜头盖上有尼康的字样。他确信自己拿着的相机就是给艾丽西亚·肯特拍照的那部。他把相机打开，这一次，他发现自己居然正在检查一件电子设备。博斯有一部相机，去香港看女儿的时候会日常携带，那还是带她去香港迪士尼乐园的时候买的。

他的相机不是尼康的，但他能立即判断出刚找到的这部相机里已没有照片，因为存储卡已经被取走了。

博斯放下相机，又去查看堆在副驾驶座上的东西。除了那只破旧的公文包，还有一个孩子的午饭盒、一本苹果电脑的操作指南，以及一根属于壁炉工具的拨火铁棒。这些都和案子没什么关联，他也不感兴趣。他发现在座位前面的地上有一支打高尔夫的推杆和一张卷起来的海报。

他把那只棕色包和玉米煎饼拿开，用一只胳膊肘支在两个座位之间的扶手上来支撑身体的重量，这样他就够得着贮物箱了。在贮物箱的空余空间里，有一只手枪。博斯拎起手枪，再握在手中。这是一支史密斯威森点二二口径左轮手枪。

"我想我们找到谋杀的凶器了。"他叫道。

沃琳没有反应。她还在卡车后面打电话，仍然连珠炮一般地发布着命令。

博斯决定把武器放回到原来的地方留给法医组，于是把枪放回贮物箱再合上盖子。他又一次看到那张卷起来的海报，决定不管其他原因，哪怕是出于好奇也要打开看一下。他继续用胳膊肘支撑在中间的扶手上，越过所有的杂物把海报放在副驾驶座上展开。那是一张描述十二个瑜伽动作的图表。

博斯立刻就想起他在肯特家健身房墙上见到过的那块褪色的痕迹，但不确定这张海报的尺寸是否能对得上墙上的那块空间。他飞快地卷起海报，抽身离开驾驶室想赶快告诉沃琳他的发现。

但是正要离开的时候，他注意到两个座椅之间的扶手也是一个储物盒。他停下来，打开它。

他一下子呆住了。那里有个茶杯架，里面有几支像子弹弹夹那样的钢管，两头全部密封着。钢管被抛光得锃亮，看起来就像银制的一样。

博斯用监测器在钢管上来回扫描。警报没有响起来。他把监测器拿到手里看看，发现边上有个小开关。他用大拇指把它推上去，一阵刺耳的警报声突然响起来，声音尖锐急促，就像一声长长的，刺破耳膜的汽笛声。

博斯往后跳开，猛地把车门关上。海报也掉在了地上。

"哈里！"沃琳大喊起来，"怎么了？"

她冲向他，把翻盖往臀部上一拍，合上了手机。博斯又推了一下开关，把监测器关上。

"是什么？"她叫喊着。

博斯指着卡车的门。

"枪在贮物箱里，铯在中间的储物盒里。"

"什么？"

"铯在扶手下面的储物盒里。他把管子从猪匣里拿出来了。这就是为什么不在他的口袋里，原来是在中间的扶手那儿。"

博斯摸了摸自己的右臀，就是冈萨雷斯被辐射灼伤的那块地方。那正好是他坐在卡车里紧挨着扶手隔间的地方。

蕾切尔停了好久也没有说一个字，只是盯着他的脸。

"你没事吧？"她终于开口说话了。

博斯几乎要大笑起来。

"我不知道，"他说，"十年以后再问我吧。"

她犹豫着，好像知道些什么但是不能说出来。

"怎么了？"博斯问道。

"没什么。不过,你得去检查一下。"

"他们能做些什么呢?你瞧,我在卡车里的时间不长。不像冈萨雷斯,他就坐在它旁边,几乎是在吃它的辐射。"

她没有答话。博斯把监测器递给她。

"这玩意儿就没打开。我以为你给我的时候已经打开了。"

她接过来在手里翻看。

"我也以为是开着的。"

博斯回想自己是怎么把监测器放在口袋里而不是夹在腰带上的。他两次把它放进口袋再拿出来,可能在不知道的情况下就已经关掉了监测器。他回头望望卡车,想知道自己只是受了点伤害还是已经快死了。

"我需要喝水,"他说,"我的行李箱里有一瓶。"

博斯走到自己车的后面。他利用打开的行李箱盖挡住沃琳的视线,把双手撑在保险杠上,试着去感受他的身体传给大脑的信号。他感觉到一些异样,但不知道这是否只是生理反应,还是他感受到的战栗只是对刚刚发生的事情的一种情绪波动。他想起急救室的医生描述冈萨雷斯的情况时所说的话,以及他的内脏所受的伤害是多么严重。是不是自己的免疫系统也失效了?是不是他也在掉进深渊?

他突然想到了女儿,眼前出现了他最后一次在机场看见她的情景。

他大声地咒骂了一句。

"哈里?"

博斯绕过行李箱盖看过去,蕾切尔正朝他走过来。

"各组都在往这儿赶,五分钟后就到。你感觉如何?"

"我觉得没事。"

"好，我刚和组长谈过，他觉得你曝光时间很短，不会有太大问题。但你还是得去急救室检查一下。"

"看吧。"

他把手伸进行李箱，从他的工具包里拿出一升瓶装水，这是他为监视行动做的准备，以防拖的时间比预估的长。他打开水，猛灌了两口。水不是很冰，但喝下去的时候感觉很舒服。他的喉咙快干透了。

博斯重新盖上瓶盖，把水放回到包里。他绕过车子向沃琳走过去，但他的眼睛却越过她向南看去。他发现他们现在所处的那个小巷经过易择打印店以及所有临街店面和卡汉加大道上的办公室的后面，延伸了好几个街区，直通到巴哈姆。

在这条小道上，每隔二十码左右，在建筑物背面的垂直角上，都安放了一个大垃圾桶。博斯意识到这些垃圾桶是被从楼房和围栏之间的空余地方推出来的。和在西尔弗湖一样，今天是收垃圾的日子，这些垃圾桶放在这里等城市环卫车来。

忽然之间，像两个元素合一创造出新物质的核聚变一样，所有的线索都清楚了。关于那个案发现场的照片、瑜伽海报，所有的一切，让他困扰的东西，都明了了。伽马射线穿透了他，却让他开了窍。他知道了，他全部理解了。

"他是一个捡破烂儿的。"

"谁是？"

"蒂格贝托·冈萨雷斯，"博斯说道，眼睛望着巷子深处，"今天是收垃圾的日子。所有的垃圾箱都被推出来等环卫车。冈萨雷斯是个捡破烂的，习惯搜寻垃圾桶。他知道今天垃圾桶会被推出来，这个时候来这儿是个好机会。"

在说完他的想法之前，他回过头看着沃琳。

"所以，还有人也知道这个情况。"他说。

"你是说他在一个垃圾桶里找到的铯？"

博斯点点头，随着小巷的方向指了指。

"所有道路的尽头，是巴哈姆。巴哈姆通到好莱坞湖，好莱坞湖又到高地。这案子一直都没有离开过地图册上的一页。"

沃琳走过来站在他面前，挡住了他的视线。博斯现在能听到远处的警笛声了。

"你在说什么？那个纳萨尔和阿尔·费耶德拿了铯然后藏在山下的一个垃圾桶里？然后被这个捡破烂的过来找到了？"

"我是说你们已经找回了铯，那么现在我们又可以把这案子看成一宗凶杀案了。从高地下来，到这个巷子只需要五分钟。"

"那又如何？他们偷了铯然后杀了肯特就为了能下山把铯藏到这儿？这是你要说的吗？要么你想说他们只是把它全扔了？我是说，这样合理吗？也许他们是想吓唬我们，但是我从来没见过这么吓唬人的。"

博斯帮她数着，这回她一次问了六个问题，或许是新纪录了。

"纳萨尔和阿尔·费耶德从来就没靠近过这个铯，"他说，"这是我想说的。"

他走到卡车那边，捡起在地上的那卷海报，递给蕾切尔。警笛声越来越响了。

她展开那卷海报，端详起来。

"这是什么？什么意思？"

博斯从她手里把海报拿回来，重新卷起来。

"冈萨雷斯是在找到枪、相机和那个铅猪匣的同一个垃圾桶里发现这个的。"

"所以呢？这到底什么意思，哈里？"

在一个街区远的地方，两辆联邦调查局的车开进小巷，在那些被推出来等着收集的垃圾桶中间迂回穿行着向他俩开了过来。等他们开近了，博斯看到打头的那辆车是杰克·布雷纳开的。

"你能听见我说话吗，哈里？这什么——"

博斯的膝盖像是突然使不上劲。他向她倒下去，张开双臂去抱着她以免摔倒在地。

"博斯！"

她抓住并抱紧了他。

"呃……我感觉不舒服，"他含糊地说，"我觉得最好我……你能带我到我的车那儿去吗？"

她扶着他站直了，再搀着他往他的车走去。他伸出一只胳膊搭在她的肩膀上。在他们身后，传来联邦特工下车时砰砰关车门的声音。

"钥匙在哪儿？"沃琳问。

他拿钥匙串给她的时候，布雷纳跑了过来。

"怎么了？出什么事了？"

"他受到辐射。铯在卡车驾驶室中间的盒子里。小心点儿。我要带他去医院。"

布雷纳向后退了退，好像只要和博斯沾上就会被传染一样。

"好吧，"他说，"你空下来给我电话。"

"加把劲儿，博斯，"沃琳说，"别昏过去，坚持到那儿，我们会好好照料你的。"

她又开始用他的姓氏称呼他了。

18

沃琳把车驶出小巷,加入卡汉加大道向南的车流,然后猛冲了出去。

"我要带你去安吉尔皇后医院,让加纳医生也给你看看,"她说,"为了我,你要坚持住,博斯。"

他知道很有可能称呼他姓氏的这种亲昵快要到头了。他指了指左转通往巴哈姆大道的那条车道。

"别管医院了,"他说,"带我去肯特家。"

"什么?"

"回头我再解释。去肯特家。拐弯,快!"

她把车滑进左转车道。

"怎么了?"

"我没事。我没问题。"

"可是你告诉我,刚才在那儿的那阵晕厥——"

"我得把你带离那个现场,离布雷纳远点儿。这样我可以查清情况,还可以和你好好谈谈,就我们俩。"

"查明什么?谈什么?你知道你在做什么吗?我还以为我是在救你的命。现在布雷纳和那里的任何一个家伙都会抢了找回铯的功劳。

这得感谢你,浑蛋。那是我找到的现场。"

他拉开他的夹克,抽出那张卷过又折了的瑜伽海报。

"别担心这个,"他说,"你可以抢到抓住凶手的功劳。只是你可能没想得到。"

他打开海报,让海报的上半段垂在他的膝盖上。他只关注下半段。

"弓式。"他说。

沃琳扫了他一眼,又低下头看看那张海报。

"你能开始告诉我发生什么了吗?"

"艾丽西亚·肯特练瑜伽。我在她家的健身房看见过瑜伽垫。"

"我也看到了。那又怎样?"

"你有没有看到过一幅图画或是挂历或是海报拿下来之后墙上留下的日晒褪色的痕迹?"

"嗯,我看到了。"

博斯举起那张海报。

"我敢打赌等我们到那儿,这个会完全对得上。这是冈萨雷斯找到的和铯一起的海报。"

"那这代表着什么?——假如真的完全对得上。"

"它意味着这几乎是一次完美的犯罪。艾丽西亚·肯特设计杀了自己的丈夫。如果不是蒂格贝托·冈萨雷斯碰巧找到了这个被扔掉的证据,她很有可能就逃脱了。"

沃琳不屑地摇了摇头。

"得了吧,哈里。你是说她和国际恐怖分子串通一气杀了她丈夫去换取铯?我不相信我现在还能想这个问题。我要回到那个现场去。"

她开始查看后视镜,准备调头。现在他们已经上了好莱坞湖道,两分钟就能到肯特家了。

"不,继续开。我们就快到了。艾丽西亚·肯特和一个什么人,但这个人不是恐怖分子。铯被扔进垃圾桶就能证明这点。你自己说的,纳萨尔和阿尔·费耶德不可能偷了这东西然后就扔了它。那这说明什么?这不是抢劫,而是一起真正的谋杀案。铯只是掩人耳目的,就像拉明·萨米尔,还有纳萨尔和阿尔·费耶德。他们也只是凶手误导我们的一部分。这张海报能帮助证明这点。"

"怎么证明?"

"弓式,摆动的弓式。"

他举起那张海报并展开以便她能看到下面拐角上描绘的瑜伽姿势。上面的那个女人双手举在背后,两只脚踝也抬起来,身体前部形成一个弓形,看起来她就像手脚被绑在了一起。

沃琳回头瞥了一眼弯曲的公路,又盯着那张海报和那个姿势看了半天。

"我们就到她家看看这是不是对得上墙上的那个痕迹,"博斯说,"如果对得上,说明她和那个杀手把它从墙上取了下来。因为我们可能会看到它,然后把发生的事情和她联系在一起,他们不想冒这个险。"

"这只是一个伸展动作,哈里。幅度大一点而已。"

"等你把它贴到墙上就不是了。"

"这个,你肯定能做。"

"等我们到她家吧。"

"希望你还有一把钥匙。"

"你肯定知道我有。"

沃琳开上了艾罗海德大道,加快了速度。但是开了一个街区,她松了油门,把速度慢下来,又一次摇了摇头。

"这太荒唐了。是她告诉我们莫比这个名字。她没有理由知道他在这个国家。而且在高地上，你自己的证人听到枪手在扣动扳机的时候大喊安拉。这怎么——"

"我们先把海报放到墙上试试。如果吻合，我告诉你整件事情。我保证。如果不吻合，我不会为这事再——烦扰你了。"

她软了下来，不再多说什么，继续开向肯特家。肯特家门口没有联邦调查局的车守候在那儿了。博斯猜所有的人手都赶去发现铯的现场了。

"感谢上帝，我再也不用和麦克斯威尔打交道了。"

沃琳没有露出一丝笑容。

博斯拿着海报和装有犯罪现场照片的文件夹下了车。他用斯塔利·肯特的钥匙打开了前门，两人直接走到健身房。他们分别站在那块日晒褪色的长方形痕迹两边，博斯拉开了那张海报。他们一人拉着一边，拿着海报的上角去对痕迹的上角。博斯用另外一只手按住海报的中间，往墙上压平。那张海报和墙上的那块痕迹完全吻合，更有甚者，连墙上胶带的痕迹都和海报上的旧胶带以及胶带痕迹完全一致。对博斯来说，这是毋庸置疑的事情。蒂格贝托·冈萨雷斯在卡汉加大道上的一个垃圾桶里发现的海报肯定是来自艾丽西亚·肯特家的瑜伽室。

蕾切尔放开了她那侧的海报，往房间外走去。

"我在客厅等你，快把整件事情汇总起来讲给我听。"

博斯卷起海报，也跟着出去。沃琳找了一把椅子坐下，就在几个小时前，博斯也是把麦克斯威尔安置在这把椅子上的。他没坐下，而是站在了她的面前。

"他们害怕的是这张海报会泄露秘密，"他说，"某个聪明的特工或是警探会看到这个摇摆的弓式姿势,然后会联想。这个女人会瑜伽,也许她能对付像这样的四肢被一起捆住的姿势,也许这是她的主意,也许她这样做就是为了让人相信这个骗局。所以他们不能冒这个险。海报必须得扔了。于是它就和铯、那把枪,以及其他所有他们用过的东西一起被扔进了垃圾桶。这还要除去他们栽赃在拉明·萨米尔家门前车里的滑雪面罩和假地图。"

"那她是主犯咯?"沃琳嘲讽地说。

博斯并没有挫败感,他会让她信服的。

"如果让你的人去那里检查沿线的垃圾桶,你们会找到剩下的——可乐瓶消音器、手套、第一套捆绳,每一个——"

"第一套捆绳?"

"对,我会解释的。"

沃琳还是不相信。

"你最好详细解释一下,因为这件事上有太多的疑点,伙计。那个名字,莫比,怎么解释?还有那个枪手喊的安拉?还有——"

博斯抬起一只手。

"等一下,"他说,"我得喝点儿水。说这么多话,我喉咙都疼了。"

他走进厨房,记得在那天早些时候搜查厨房时看到冰箱里有冰水。

"你想喝点儿什么?"他大声问道。

"不,"她也大声回他,"这不是你我的家,记得吗?"

他打开冰箱,拿出一瓶水,站在打开的冰箱门前就灌下了半瓶。冰箱里透出来的冷气也让他感觉很舒服。他关上门,但是随即又把门打开。他发现了什么东西,在上面的架子上有一塑料瓶的葡萄汁。他拿出来仔细端详着,回想起在车库的垃圾桶里他曾经发现上面沾有葡萄汁的纸巾。

又一块拼图被找到了。他把瓶子放回到冰箱内,回到客厅,蕾切尔还坐在那里等着他。他还是站着,继续解释。

"好吧,你们在海关的录像里发现那个叫莫比的恐怖分子是在什么时候?"

"这是什么——"

"拜托,就回答我的问题。"

"去年八月十二号。"

"嗯,八月十二号。那么随后,联邦调查局和所有的国土安全部门都发出了警报?"

她点点头。

"但是,这不是一小会儿,"她说,"我们花了近两个月的时间进行录像分析才确认是纳萨尔和阿尔·费耶德。是我写的通报,在十月九号作为一个确定的国内目标发出。"

"好奇地问一句,为什么你们不公开通报呢?"

"因为我们有——其实,我不能告诉你。"

"你刚才已经说了。你们肯定在监视这两个家伙可能会出现在什么人周围或是什么地方。如果你们公开通报,他们可能会隐藏起来再也不会出现了。"

"我们能回到你的故事吗,拜托?"

"好。那通报是在十月九号发出的,也就是那天,谋杀斯坦利·肯特的计划开始了。"

沃琳把双臂抱在胸前,瞪着博斯。博斯心想,她这副样子也许是看他的故事如何进行下去,而且她并不喜欢这个故事。

"最有效的方法是我们从结果开始,往前面推导,"博斯说道,"艾丽西亚·肯特给了你莫比这个名字。她是怎么得到这个名字的呢?"

"她是偷听到其中一个人，用这个名字称呼另一个。"

博斯摇了摇头。

"不对，她告诉你她偷听到的。但是假如她撒谎，她是怎么知道这个名字，还用它来撒谎的呢？她提供了一个不到六个月前被确定在这个国家——在洛杉矶县——的家伙的昵称，这仅仅是个巧合吗？我觉得不是，蕾切尔，你也觉得不是。这种概率几乎为零。"

"好，那么你是认为在联邦调查局或是其他收到我发的通报的部门里有人告诉了她这个名字。"

博斯点点头并用手指着她。

"是这样。他给了她这个名字，好让她在接受联邦调查局的审讯高手询问的时候能说出来。这个名字、连同那个把车丢弃在拉明·萨米尔家门前的计划，会完全一致地让整件事情以及联邦调查局和其他所有追踪与此事完全不相干的恐怖分子的人走上一条错误的道路。"

"他？"

"我现在就说这个。对，任何看了这个通报的人都可以告诉她这个名字。我的猜想是可能有很多人，很多只是在洛杉矶的人会这么做。那我们怎么能缩减到一个人身上呢？"

"你说。"

博斯拧开瓶盖，把剩下的水喝完后继续讲，空瓶子还抓在手里。

"我们继续往回走，来缩小范围。艾丽西亚·肯特的生活在什么地方开始与那些知道莫比这个名字的部门里某个人产生交集的呢？"

沃琳皱着眉，摇了摇头。

"这可能会在任何地方，有多种可能性。可能是在超市，或是她为她的玫瑰花买肥料的时候。任何地方。"

博斯已经抓住引导雷切尔思维的权利。

"那再缩小这个可能性,"他说,"她会在什么地方和那个知道莫比,而且还知道她丈夫能够接触到莫比会感兴趣的放射性物质的人有交集呢?"

这回她轻蔑地摇摇头。

"没地方会。这得要多大的巧合才能——"

觉察过来时她突然停住,醒悟了。震惊之下她全然明白了博斯要说什么。

"我和我的搭档去年早些时候拜访过肯特家,来提醒他。我猜你要说,我也有嫌疑。"

博斯摇了摇头。

"我说的是'他',记得吗?你没有单独来过。"

她意识到这个暗示的含义时,眼睛开始冒火了。

"这太荒谬了。这不可能。我不敢相信你竟然……"

她没有说完,她的思绪正卡在某些想法上。这些想法可能是某些会动摇她对自己搭档的信任和忠诚的记忆。博斯察觉出她这个变化,靠上前去。

"是什么?"他问。

"没什么。"

"是什么?"

"听着,"她坚持道,"听我的,别告诉任何人你的这套理论。你最先告诉了我,算你走运。这让你听起来像是一个和他有积怨的疯子。你没有证据,没有动机,没有认罪陈诉,什么都没有。你只有从……从一张瑜伽海报中瞎编出来的这套理论。"

"没有其他解释能与事实吻合了。我只是在陈诉这个案子的事实，而不是在说联邦调查局、国土安全部，以及联邦政府的其他部门要把这事看成一个恐怖主义事件，这样他们可以证明自己的存在是合理的，也可以转移由于其他错误而招致的批评。与你所想的相反，我有证据和认罪陈诉。假如我们用测谎仪来检查艾丽西亚·肯特，她会告诉你、我，还有市区的审讯高手一切都是假的。真正的大师是艾丽西亚·肯特，她才是一个善于摆布别人的高手。"

沃琳往前靠了靠，看着脚下的地面。

"谢谢你，哈里。你一直在嘲弄的那个审讯高手刚好就是我。"

博斯的下巴掉了半天，也没说出话来。

"哦……嗯……那，对不起……这没多大关系。关键是，她是个撒谎高手。她对所有的事情撒谎，现在我们知道真相了，就很容易让她现形了。"

沃琳从座位上站了起来，走到前面的落地窗前。立式的百叶窗是合上的，她用一个手指头分开一页，盯着外面的街道。博斯看得出她在仔细地研究整件事情，每个细节都不放过。

"那个证人怎么解释？"她回过身来问，"他听到枪手喊安拉。你觉得他也是安排好的？或是你觉得他们碰巧知道他在那儿，然后大喊安拉，以此作为这个操纵宏图的一部分？"

博斯试着轻轻地清了清嗓子。嗓子里火烧火燎的，开口说话都费力。

"不，这点我觉得其实是一个人们只能听到自己想要听到的东西的问题。我承认自己不是一个审讯高手。那孩子告诉我听到枪手在扣扳机的时候大喊。他说他不太确定，但是听起来像是安拉，当然，这和我当时的想法有关。我也是听到自己想要听到的东西。"

沃琳从窗户边走开，回来坐下，又抱起了双臂。博斯终于坐到她正对面的椅子上，继续讲下去。

"但是这个证人怎么知道他听到的是杀手而不是受害人在大喊呢？"他问道，"他在五十码之外的地方，天色又暗。他怎么知道这不是斯坦利·肯特在被杀之前喊出的最后一句话？他所爱的那个女人的名字，因为他到死都不知道她背叛了他。"

"艾丽西亚。"

"确实如此。艾丽西亚被枪声打断了，成了安拉。"

沃琳松开双臂，身体往前倾。这个肢体语言，是个好的迹象，暗示着博斯的努力快要成功了。

"你之前说第一套捆绳，"她说，"你想要说什么？"

博斯点点头，递给她装着犯罪现场照片的文件夹。他把最好的留到了最后。

"你看这些照片，"他说，"看到了什么？"

她打开文件夹，开始翻看犯罪现场的照片。这些照片从各个角度反映了主卧室的情景。

"这是主卧室，"她说，"我漏掉了什么？"

"的确是。"

"是什么？"

"是你之前没有看到的。照片上没有衣服。她告诉我们他们命令她到床上，脱下了她的衣服。我们要不要相信，他们在把她四肢捆起来之前让她把衣服放好？他们让她把衣服放到洗衣篮里去？你再看看最后一张照片，这是斯坦利·肯特的电子邮箱里的。"

沃琳翻看着文件夹，找到电子邮箱里那张照片的打印件。她很专注地看着，他看到她眼睛一亮，闪着发现的光彩。

"现在，你看到什么了？"

"那件浴袍,"她激动地说,"我们让她穿起衣服的时候,她到衣橱里去拿的袍子。袍子不在躺椅上!"

博斯点点头,他们开始反复讨论事情的细节。

"这告诉我们什么?"他问道,"那些细心的恐怖分子拍完照片后帮她把袍子挂到衣橱里?"

"或者这是肯特太太被捆了两次,袍子在这中间被移动了?"

"再看这张照片。床头柜上的时钟电源被拔掉了。"

"为什么?"

"我不知道,或许是他们不想在照片上有任何时间标志吧。也许第一张照片都不是在昨天拍的,也许两天前甚至是在两星期前排练时拍的。"

蕾切尔点了点头,博斯知道她接受了这个解释,她现在相信他了。

"她一次被捆起来是为了要拍照片,另外一次是为了等援救。"她说。

"确实是这样。然后她被松开,和那个人协作去执行高地的计划。她没杀她丈夫,但是她当时在那儿,在另外一辆车里。一旦斯坦利死了,铯被扔掉,车子被丢弃在萨米尔家,她就和她的伙伴一起回到家里,再把她结结实实地捆起来。"

"我们到那儿的时候,她并没有昏过去。这只是剧中的一幕,计划中的一部分。她尿在床上是个很好的触点,为了让我们更相信这一幕。"

"尿的味道同时也掩盖了葡萄汁的味道。"

"你说什么?"

"她手腕和脚踝上紫色的淤伤。现在我们知道她并没有被捆住好几个小时,但她还是有淤伤。冰箱里有瓶开过的葡萄汁,外面的垃圾桶里有浸过葡萄汁的纸巾。她用葡萄汁伪造了这些淤伤。"

"哦，天哪，我不敢相信。"

"怎么了？"

"当我和她在恐怖主义情报处的房间时，那个房间空间很小。我觉得我闻到了葡萄的味道，我还以为在我们之前有人在那儿喝过葡萄汁。我闻到那个味道了！"

"这就对了。"

现在没有任何怀疑了，博斯说服了她。但是随后一丝担心和疑虑像夏天的云一样又飘在她的脸上。

"那动机呢？"她问，"我们在讨论的是一个联邦特工。要对他采取行动我们就需要所有的细节，甚至是动机。不能留下一丝可以逃脱的机会。"

博斯已经准备回答这个问题了。

"你看得到动机。艾丽西亚·肯特很迷人。杰克·布雷纳想要得到她，斯坦利·肯特又横在路中间。"

沃琳的眼睛因为震惊而瞪得溜圆。博斯继续解释。

"这是动机，蕾切尔。你——"

"但是他——"

"让我先说完。事情是这样的。去年你和你的搭档来这里提醒肯特他的工作可能存在危险的那天，艾丽西亚和杰克之间就相互有了某种好感。他们互相有兴趣。接着两人偷偷见面去喝点儿咖啡或酒或是其他什么。一环扣一环。一段婚外恋发生并维持着，随后发展到一定阶段就开始考虑要做点儿什么。离开丈夫，或是除掉他——因为还有涉及利益的保险和公司的一半财产。这里已经有足够的动机了，蕾切尔，也就是这个案子的最终目的。不是铯或是恐怖主义或是其他什么,这是个基本的公式:性加钱财等于谋杀。就这么多。"

她皱着眉摇摇头。

"你不知道你在说什么。杰克·布雷纳结婚了,有三个孩子。他沉稳、乏味而无趣。他不是——"

"每一个人都有感兴趣的事。他们是否结婚和有几个孩子,这都不重要。"

她轻轻地说。

"你现在能听我说完吗?你把布雷纳想错了。在今天之前,他从未见过艾丽西亚·肯特。我去年来这里的时候,他还不是我的搭档,我也从来没告诉过你他是。"

博斯对这个消息感到非常意外。他一直以为她现在的搭档就是她去年的那个。他在展现整个事件的时候,在脑子里一直锁定和传入的是布雷纳的形象。

"今年年初,在恐怖主义情报处的所有搭档组合全部要调换一遍。这是惯例,有助于提升团队理念。从一月份以来,我一直和杰克搭档。"

"谁是你去年的搭档,蕾切尔?"

她盯着他的眼睛好久好久。

"是克里夫·麦克斯威尔。"

19

哈里·博斯几乎要大笑出来，但同时又极其震惊，只能使劲摇头。蕾切尔·沃琳正告诉他，克里夫·麦克斯威尔是艾丽西亚·肯特进行谋杀的同伙。

"我不敢相信，"他终于开口说道，"大约五个小时之前，我就在这儿把凶手铐在地板上了。"

意识到谋杀斯坦利·肯特是内鬼做的，偷盗铯也只是个精心设计的圈套，这让蕾切尔很羞愧。

"你知道接下来会怎么样吗？"博斯问道，"你知道他会怎么做吗？她丈夫去世了，出于同情他会前来拜访，因为他在处理这个案子。然后他们开始约会、相爱，没有人会提出异议。大家还忙着在外面不断地搜寻莫比和阿尔－费耶德。"

"但是假如我们抓住了这两个家伙呢？"沃琳接着往下问，"就算奥萨马·本·拉登老死在山洞里，他们也会否认自己参与了此事，但是谁又会相信或是在意呢？再没有比用恐怖分子没有犯的罪来陷害他们更聪明的了。他们根本就没办法为自己辩护。"

博斯点点头。

"一场完美的犯罪，"他说，"失败的唯一原因是因为蒂格贝托·冈萨雷斯去翻查了垃圾桶。要是没有他,我们还在搜寻莫比和阿尔－费耶德,还以为他们把萨米尔家当成一个安全藏身处。"

"那,我们现在要做什么,博斯?"

博斯耸耸肩,但还是回答了她。

"要我说,我们设一个陷阱。把他们俩放到不同的房间,拍一下板子,说谁先交代就饶了谁。我打赌突破一定是艾丽西亚。她会崩溃,把他交出来,可能还会把所有的事情都推到他头上,说自己只是受了他的影响,听他指挥。"

"我感觉你这样能行。实际上,我觉得麦克斯威尔不会聪明到能脱逃的。我和他工——"

她的手机响了起来。她从口袋里掏出看看屏幕。

"是杰克。"

"问问麦克斯威尔在哪儿。"

她开始接电话,先回答了几个关于博斯目前状况的问题。她告诉布雷纳他还可以,就是因为喉咙受伤不能说话了。博斯站起来去再取一瓶水,但是在厨房时耳朵还是竖起来的。沃琳很随意地在电话里提到了麦克斯威尔。

"嗨,顺便问一句,克里夫在哪儿?我想要和他谈谈他和博斯在走廊上的事。我不太喜欢他在——"

她突然停下了,只是听对方的回答。博斯看到她的眼睛瞬间变得警觉。事情有点儿不对劲。

"什么时候的事情?"她问。

她又只是听着,随后站了起来。

"听着,杰克,我得挂了。博斯可能可以出院了。我这边的事情一结束我就回来报到。"

她挂断电话看着博斯。

"我不能再骗他了。他不会原谅我的。"

"他怎么说的？"

"他说现场现在有好多人——好像中心的每个人都来了，他们就站在那里等着防辐射小组到来。于是麦克斯威尔就毛遂自荐去接在马克·吐温酒店的证人了。没人去做这事，因为我让原来接人的小组回来了。"

"他一个人去的？"

"杰克是这么说的。"

"多久了？"

"半小时之前。"

"他是要去杀了他。"

博斯开始往门口跑去。

20

这次是博斯开车。在去好莱坞的路上,他告诉沃琳杰斯·米特福德的房间里没有电话。马克·吐温酒店的服务设施十分陈旧。因此,博斯呼叫了好莱坞分局的执勤官,要他派一部巡逻车去酒店查看一下证人。随后,他又找信息台,联系到马克·吐温酒店的前台。

"阿尔文,我是博斯警探,今天早上来的。"

"嗯,对。怎么了,警探?"

"有人来问斯蒂夫·金吗?"

"唔,没有。"

"这二十分钟以来你有没有开门让某个看上去像条子或不是客人的人进来?"

"没,警探。发生什么事情了?"

"听着,我要你现在就上去到那个房间告诉斯蒂夫·金快离开那儿,然后再回来打我这个电话。"

"那就没人帮我看前台了,警探。"

"现在是紧急情况,阿尔文。我得把他弄出来。这花不了你五分钟。找个笔,记一下,我的号码是三二三,二四四,五六三一。记下来了?"

"记下了。"

"那好,快去。除了我,任何人到你那儿找他,就说他已经结账,拿了奖金离开了。快去,阿尔文,非常感谢。"

博斯挂断了电话,看着蕾切尔。他的脸色表明他对前台那人缺乏信任。

"我觉得那家伙是个瘾君子。"

博斯加快了速度,集中注意力开车。离开巴哈姆大道转向南边的卡汉加大道时,他寻思着,根据好莱坞现在的车流情况,他们还有五分钟就能到马克·吐温酒店了。这个结论让他摇了摇头。半个小时已经足以让麦克斯威尔赶到马克·吐温了。他在想是不是他已经从后门溜进去找到米特福德了。

"麦克斯威尔可能已经从后面溜进去了,"他告诉沃琳,"我要从这个巷子穿过去。"

沃琳说:"也许他不会伤害他。他找到他,和他谈谈,看他是否在高地上目击了什么,然后判断对他来说是否构成威胁。"

博斯摇摇头。

"不可能。麦克斯威尔自己知道,一旦铯被找到,他的计划肯定会泡汤。他会采取行动来消除所有的威胁。首先是证人,然后是艾丽西亚·肯特。"

"艾丽西亚·肯特?你觉得他会采取行动对付她?整件事情就是为了她。"

"现在已经无所谓了,生存的本能会占上风,她已经是一个威胁了。这是难免的事。你越过一个大限就为了和她在一起,现在你再越过一次为了救自己的——"

突然间他领会到了什么,他的胸口仿佛受到一记重击,也打断

201

了他的话。这个时候他们刚从卡汉加大道出来,他大骂了一声,使劲踩着油门。在好莱坞露天剧场前,他横穿过汉兰得大街上三个车道,在迎面而来的车流前急促地调头,轮胎发出了刺耳的声音。他生气地用拳头捶了一下车,车子疯狂地摇摆着,冲向好莱坞高速公路南行的入口。蕾切尔一只手抓住仪表板,另一只手抓紧门把手来稳住自己。

"哈里,你在干什么?你走错路了!"

他快速地打开了警笛和蓝色的警灯,让它们在车前的护栅和后窗户那闪烁着。他冲着沃淋大声嚷嚷。

"米特福德也是一个误导。这条路是对的。对麦克斯威尔来说,谁是更大的威胁?"

"艾丽西亚?"

"你说的没错,现在是把她弄出战术部的最好时机。所有的人都跑到巷子里找铯了。"

车子在高速公路上开得很顺畅,警笛帮着开道,路更通畅了。博斯根据他开车时候的路况,估摸着麦克斯威尔已经进了市区。

蕾切尔打开手机,开始用力按着号码。她一个号码接着一个号码地试着,都没人应答。

"我找不到人。"她叫喊着说。

"恐怖主义情报处在哪儿?"

沃琳这次一点儿都没犹豫。

"在百老汇。你知道百万美元剧场在哪儿吗?一样的大楼。第三入口。"

博斯关掉了警笛,打开自己的手机,呼叫他的搭档,费拉斯立刻接听了。

"伊格纳西奥，你在哪儿？"

"刚回到办公室。法医组检查了那辆车子的——"

"听我说，放下你手里的活，去百万美元剧场的第三街入口等我。你知道地方吗？"

"发生了什么事？"

"你知道百万美元剧场在哪儿吗？"

"是的，我知道在哪儿。"

"那到第三街入口那儿等我。等我到那儿再解释。"

他挂断电话又打开了警笛。

21

接下来的十分钟就像十个小时。博斯在车流中来回穿梭,最后到了市区的百老汇出口。他拐弯冲下山往目的地开的时候,关掉了警笛。只剩下三个街区了。

在电影事业最辉煌的时候,百万美元剧场建在了百老汇商业中心沿街那些华丽的剧场宫殿中间。但是从首轮电影在屏幕上放映到现在,已经过去几十年了。它华丽的外表被一块发光的幕布遮盖起来,曾有一段时间被用来宣传宗教复兴而不是放映电影。现在剧场等着翻新和修复,已停止使用。剧场之上是一座一度很豪华的十二层办公楼,有中档办公区和住宅。

"做一个秘密部门的秘密办公室,再好不过了,"那座楼一进入博斯的眼帘,他就说,"没人能想得到。"

沃琳没搭理他。她仍然在尝试打电话,但是随后沮丧地合上手机。

"连秘书都找不到。一点之后她会出去吃午餐,在那之前别人会早点儿去吃,这样办公室就有人在的。"

"你们分队到底在哪儿?还有艾丽西亚·肯特也会在那儿吗?"

"整个七楼都是我们的,有个休息室,里面有躺椅和电视。他们把她安置在那儿，可以看电视。"

"你们几个人？"

"八个特工，秘书和办公主管。办公主管休产假，秘书去吃午餐了。希望他们没让艾丽西亚·肯特一个人待着，这样违反规定，得有人留下来陪她。"

博斯在第三入口右转，随即把车停靠在路边。伊格纳西奥·费拉斯已经等在那儿了，很随意地靠在他那辆沃尔沃旅行车上。在他的车前，还停着另外一辆车，是一辆联邦调查局的巡逻车。博斯和沃琳下了车。博斯走近费拉斯，沃琳则走过去往那辆车里面看。

"你看到麦克斯威尔了吗？"博斯问道。

"谁？"

"麦克斯威尔特工。今天早上我们俩放倒在肯特家地板上的那个。"

"没，我谁也没看到。怎么——"

"这是他的车。"沃琳插进来说。

"伊格纳西奥，这是沃琳特工。"

"叫我伊格。"

"蕾切尔。"

他们握了握手。

"好，那他肯定在上面，"博斯说，"有几个楼梯间？"

"三个，"沃琳说，"但是他会走出来就有他车的这个。"

她指指大楼拐角那两扇不锈钢门。博斯走过去看看门锁上了没有，费拉斯和沃琳跟着他。

"发生什么事了？"费拉斯问道。

"麦克斯威尔是凶手，"博斯说，"他在上面——"

"什么？"

博斯检查了一下出口的门，门外没有把手。他转过来对费拉斯说。

"听着，没多少时间了。相信我，麦克斯威尔是我们要找的人，他在大楼里，要把艾丽西亚·肯特带出去。我们要——"

"她在这儿干什么？"

"联邦调查局在这儿有个办公室。她在这里。再没有问题了吧？只管听就好了。我会和沃琳特工从电梯上去。我要你守在这个门边。如果麦克斯威尔出来，你就把他拿下。听清楚了吗？把他拿下。"

"明白。"

"很好。呼叫后援。我们上去了。"

博斯伸出手，拍拍费拉斯的脸。

"保持警惕。"

他们留下费拉斯，走向大楼的主入口。那里没有大厅可言，只有一部电梯。按一下按钮，电梯门打开了。沃琳用一张钥匙卡启动了七楼的按钮。电梯开始上行。

"我感觉你永远也不会喊他伊格。"沃琳说。

博斯装作没听到这句话，却想到了一个问题。

"等到了那层的时候，电梯会不会发出铃音或是什么声音？"

"我记不得——我想是有……对，肯定有。"

"太好了，我们成靶子了。"

博斯从枪套里抽出自己的金伯手枪,把子弹推上膛。沃琳也照做。博斯把沃琳推到电梯的一侧，自己站在另一侧，举起了枪。电梯终于到达了七楼，外面响起了一声柔和的铃音。电梯门缓缓地滑向两边，博斯最先露了出来。

外面没有人。

蕾切尔指指左边，示意出了电梯往左边的办公室走。博斯用备战的姿势蹲下身体,冲了出去,他的枪高举着,做好了准备。

还是没有人。

他开始往左边移动。蕾切尔出来,在他的右侧翼跟着他。他们来到一个阁楼式的办公室,有两排单独的隔间——除了办公室,还在楼层空余的地方另外建了三个独立的私人房间。在隔间之间都有些很大的架子,上面堆满了电子设备,每张桌上都有两个电脑屏幕。看起来好像这个办公室可以一下子打包起来,瞬间就能搬走。

博斯往里迈进些,透过一个私人房间的玻璃,他看到一个人坐在椅子上,头往后仰,眼睛睁着,像是戴着一个红色的围嘴。博斯知道那是血迹,他的胸口被击中了。

博斯指了指,沃琳看到了那个死去的人。她猛地抽了一口气,发出一声低低的叹息。

办公室的门半开着。他们向那儿移动过去。博斯推开门,沃琳在后面掩护。博斯迈进去,看到艾丽西亚·肯特背靠着墙坐在地板上。

博斯在她身边蹲下,发现她眼睛睁着但是人已经死了。在她双脚之间的地板上有一把枪,她身后的墙上有飞溅开来的血迹和脑浆。

博斯转过身来检查房间,明白这场戏是怎么回事了。根据情形看起来好像是艾丽西亚·肯特抢了那位特工枪套里的枪,枪杀了他,再坐到地板上自杀。没有任何说明或是解释,但这已是麦克斯威尔在这么短的时间和机会里能想出的最好办法了。

博斯转过来对着蕾切尔。她已经放下了枪,站在那里看着那位死去的特工。

"蕾切尔,"博斯说,"他还在这里。"

他站着往门边移动,以便搜寻整个房间。透过窗户往外扫视时,他发现电子设备架后有动静。他停住,举起枪,眼睛追踪着一个身影从其中一个架子后面跑向一扇上面有出口标志的门。

一瞬间他看到麦克斯威尔离开了掩护,冲向门口。

"麦克斯威尔!"博斯大喝一声,"站住!"

麦克斯威尔快速地转过身,抬起了他的枪。这时,他的背撞到了出口的门,他举起枪射击。窗子被击碎,玻璃飞溅到博斯周围。博斯回击,朝打开的出口处开了六枪,但麦克斯威尔已经跑了。

"蕾切尔?"他叫了起来,眼睛没有离开过那扇门,"你还好吧?"

"我没事。"

她的声音从低处传来。他知道枪击开始时,她已经卧倒在地上了。

"那扇门通往哪个出口?"

蕾切尔站了起来。博斯往门口移动,扫了她一眼,看到她衣服上满是玻璃,脸上也被划破了。

"这楼梯下去,通到他的车那边。"博斯从房间里跑出来,冲向门口。他边跑边打开手机,按着打给他搭档的快捷键。铃声刚响了一半,电话就通了。这个时候,博斯已经冲进了楼梯间。

"他下来了!"

博斯扔下手机,往楼下奔去。他能听到麦克斯威尔在楼梯钢板上奔跑的声音,本能地知道他已经跑远了。

22

博斯一步三个台阶,又冲过了三个楼梯口。现在他听到沃琳也跟着下来了。随后他又听到麦克斯威尔奔到楼下撞开出口的门时发出的轰隆声,随即有大叫声,再然后就是枪声。声音间隔太近,很难判别哪一个先开始以及到底开了多少枪。

十秒钟之后,博斯到达出口处。他冲到人行道上,看见费拉斯躲靠在麦克斯威尔巡逻车的后保险杠处。他一只手举着枪,另一只手托着胳膊肘。红玫瑰一样的血染红了他的肩膀。第三大街的双向车流都已经停住,行人纷纷跑下人行道奔向安全的地方。

"我击中他两次,"费拉斯叫道,"他往那个方向跑了。"

他往邦克山下第三大街隧道方向扬头示意。博斯靠近他的搭档,发现伤口在肩头,好像不是很糟糕。

"你呼叫后援了?"博斯问道。

"在路上了。"

费拉斯调整了一下握着受伤胳膊的手的姿势,露出了痛苦的表情。

"做得非常好,伊格。我去抓那家伙,你坚持住。"

费拉斯点点头。博斯转头看到蕾切尔走出门来,脸上还有一抹血迹。

"这边,"他说,"他中枪了。"

他俩以分散的阵形沿着第三大街往前追踪。没走几步,博斯就发现了痕迹。很明显,麦克斯威尔伤得很严重,流了很多血。这使追踪他变得容易起来。

但是当他们到达第三大街和希尔街的拐角时,却找不到痕迹了。路面上看不到血迹。博斯往长长的第三大街隧道里望去,没看到车流里有行人。再望望希尔大街的前后,也没发现什么。这个时候,他注意到从中心大市场那儿跑出来的一群慌乱的人。

"这边。"他说。

他们迅速地跑向大市场。就在市场外面,博斯再一次发现了地上的血迹,开始往里面跑去。这个两层楼高的市场聚集着食品摊和各种店铺。空气中有一股黄油和咖啡的味道。这个味道散布在市场大楼上空的每一层里。这里拥挤而吵闹,博斯很难跟着血迹去追踪麦克斯威尔。

这个时候,正前方突然传来喊叫声,空中响起两声清脆的枪响。这声音立刻吓得人群四散奔逃。几十个店主和工人尖叫着涌进博斯和沃琳所在的通道,往他们俩这边跑来。博斯意识到他们会被撞倒和踩踏。他一下子移到自己的右侧,一把揽住沃琳的腰部,拉着她躲到了一个很宽的混凝土支柱后面。

人群蜂拥而过,博斯绕过柱子往外看。市场现在已经没有其他人了。他没看到麦克斯威尔的身影,但瞥见通道尽头对着一个肉铺的其中一个冷藏柜处有动静。他再定睛细看,发现动静来自冷柜后面。透过前后的玻璃板和陈列的猪肉牛肉块,博斯看到了麦克斯威尔的脸。他坐在地上,背贴着肉铺后面的一个冰箱。

"他就在前面的那个肉铺那儿,"他轻声对沃琳说,"你去右边,顺着通道往前。这样你就能到他的右侧。"

"那你呢?"

"我直接过去吸引他的注意力。"

"要不我们在这儿等后援来吧。"

"我不会等的。"

"我觉得不妥。"

"准备好了?"

"不行,我们俩换换。我直接过去,吸引他的注意力。你从侧面过去。"

博斯知道这个安排更妥当,因为她和麦克斯威尔相互熟悉。但这也意味着她要面对最大的危险。

"你确定?"他问。

"是,这样好。"

博斯绕过柱子又观察了一下,麦克斯威尔并没有动。他的脸涨得通红,布满了汗珠。博斯回过头望着沃琳。

"他还在那儿。"

"好,我们开始。"

他们俩分散开始行动。博斯迅速地沿着一条员工特许通道往前移动,这条通道连接着那条尾端是肉铺的通道。他走到底,来到一家有很高墙壁的墨西哥咖啡店。这个地段便于他掩护,环顾肉铺的角落,还能从侧面看到柜台后面。他看到麦克斯威尔在二十英尺远的地方,他耷拉着头,靠着冰箱门,两只手还举着枪,衬衫完全被血浸透。

博斯靠回到掩体,凝神专注,准备跨出来接近麦克斯威尔。这个时候,却传来沃琳的声音。

"克里夫？是我，蕾切尔。我来帮你。"

博斯往角落那儿看去，蕾切尔就站在离熟食柜台五英尺前的空地上，握着枪的手垂下来。

"没用的，"麦克斯威尔说，"对我来说，一切都晚了。"

博斯判断，假如麦克斯威尔想要对沃琳开枪，那么子弹得穿过熟食柜台的前后玻璃。除非是一颗神奇的子弹，要不然柜台前面的那块金属板安放的角度刚好能挡住子弹。但奇迹也有可能发生。博斯抬起自己的枪，倚着墙托好，准备需要的时候就开枪。

"来吧，克里夫，"沃琳说道，"把枪扔了。别让事情这样结束。"

"已经没有别的路可走了。"

麦克斯威尔的身体突然因为一阵剧烈的痰咳而痛苦地抖动起来。血涌上他的嘴角。

"天哪，这家伙真打中我了！"他说完又开始咳起来。

"克里夫？"沃琳请求道，"让我过来，我想帮帮你。"

"不行，你过来我就——"

他话没说完，就对着熟食柜台开始扫射，打碎了中间所有的玻璃门。蕾切尔快速地低下身子躲避着子弹，博斯冲出来，双手伸直握着枪。他躲避着子弹，开枪射击麦克斯威尔手枪的枪管。如果他的枪口正对着沃琳，博斯就会直接射击麦克斯威尔的头部。

麦克斯威尔缓慢地把枪放到膝盖上，开始咳嗽，血从他两边的唇角滚落下来，看起来像一个怪异的小丑。

"我觉得，我觉得我刚杀了一大块牛排。"

他开始大笑起来，这让他再度咳嗽起来，看起来痛苦极了。咳嗽平息下去之后，他又开始说话。

"我只想说……是她。她想要他死。我只是……我只是想要她。"

就这些。但她却没有选择其他方式……她想要我这么做。为这……我该死……"

博斯往前靠了一步。他觉得麦克斯威尔并没有注意到他。他再靠近了一步，麦克斯威尔继续说话。

"对不起，"他说，"蕾切尔，告诉大家我很抱歉。"

"克里夫，"沃琳说道，"你可以自己告诉大家的。"

在博斯的注视下，麦克斯威尔拿起枪，枪口对准了自己的下巴。他毫不犹豫地扣动了扳机。那冲击力折断了他的脖子，使他的头向后仰去，在冰箱门上溅落了一排血迹。枪掉到混凝土地板上，落在他伸长的两腿中间。麦克斯威尔采用了和他的情人——那个他刚刚杀了的女人一样的姿势自杀。

沃琳绕过柜子走过来，站在博斯身边。他俩一起看着地上那个死去的特工。她沉默不语。博斯对了一下手表，快一点了。从这个案子开始到结束，他处理了十二个小时多一点的时间。总共五个人死亡，一个人受伤还有一个因为受到辐射曝光挣扎在垂死的边缘。

还有他自己。博斯想知道等所有的话都说完了，所有的事情都结束了，他会不会成为统计人数中的一个。他的喉咙现在就像火烧一样，胸口也有很沉重的感觉。

他看看蕾切尔，发现血又顺着她的脸颊流下来，看来伤口需要缝针了。

"知道吗？"他说，"假如你带我去医院，我就也带你去医院。"

她看着他，笑容里带着些悲伤。

"再加上伊格，你这笔买卖谈成了。"

博斯留下她陪着麦克斯威尔，自己走回到百万美元剧场大楼去看看他的搭档。在途中，后援单位已经抵达，人群也拥过来。博斯决定把犯罪现场丢给巡警们去处理。

费拉斯坐在开着门的车里,等着医护人员过来。他握着胳膊的姿势很别扭,看起来很痛苦。血在他的衬衫上洇开。

"要喝水吗?"博斯问,"我行李箱里有一瓶。"

"不用,我能等。希望他们已经到那儿了。"

远处传来消防救援救护车特有的警笛声,靠得越来越近了。

"事情怎么样了,哈里?"

博斯倚靠着车子,告诉他等他们要靠近的时候,麦克斯威尔自杀了。

"通往地狱的路,我想,"费拉斯说,"落得这样的下场。"

博斯点了点头,但是没说话。等待的时候,他的思绪沿着大街,上了山,来到高地。在那里,斯坦利·肯特看到的最后一幕就是这座城市在美丽闪烁的灯光里展现在他面前。也许,对斯坦利来说,那一刻,天堂在最后为他打开了大门。

但是博斯却认为,无论死去的时候是在肉铺的拐角或是在高地上瞥见天堂之光,这真的都不那么重要。人已经死了,结局不用在意。我们都在往深渊里掉,他想。有些人比其他人更靠近那个黑洞。当旋涡中的暗流抓住他们,拉着他们掉进永远的黑暗之中时,有的人看着那旋涡靠近,有的人还茫然不知。

重要的是要与它抗争,博斯告诉自己。一直奋斗,一直和那股暗流抗争。

救援队拐到了百老汇大街,绕过几辆停住的车子,最终停在巷口,关闭了警笛。博斯扶着他的搭档从车里出来,朝医护人员走去。

特别赠送章节
首次出版！

23

输液包在连接到他右臂的静脉输液器之前，是放在冰箱里冷藏的。像死亡一样冰冷的生理盐水快速进入他的静脉，上升到胳膊，再流经胸口进入心脏。博斯想要放松，却觉得浑身发冷，于是他蜷起身体，抱紧双肩和手臂。很奇怪的感觉，像是某些外来入侵的生物正在洗刷他的身体，忙着在他体内进行一场战争。

他紧闭起双眼。现在他正躺在洛杉矶县南加州大学医疗中心急救室一张抬高的床上，身上没有任何覆盖物。他的衣服被脱掉了，他们只给他穿了一套绿色的无纺布外科病号服，一点儿都不暖和。

听到帘子被拉开时滚珠的声音，他睁开了眼睛，以为是那个给他胸部照X光的医生。那个医生答应一旦有结果就马上回来告诉他。然而进来的人却是蕾切尔·沃琳，脸上还贴了一个小绷带。她把身后的帘子又拉上了。

"我不能进来的，"她低声说道，"你怎么样了？"

"挺好。"

"他们查到什么了？"

博斯摇摇头。

"我觉得没什么好查的，他们觉得会——"

"他们是谁？"

"急救室的医生和一个这儿的放射肿瘤学家。他们告诉我说他们觉得不会有什么直接的损伤。他们讨论着那些拉德[①]和模糊的数据，说我还没到任何危险的等级。我不知道拉德是什么，但知道三百个那玩意儿辐射一小时就能把一个人给杀了。他们询问我关于铯的情况——你知道的，多少啊，多近啊，所有这些——他们估计我的辐射程度还不到两个拉德。"

"什么意思？"

"意思是不用担心——至少目前是这样。他们说我受到的这个剂量说不定还对我有好处呢。"

蕾切尔皱起了眉头。

"受到铯辐射怎么还会是件好事？"

"嗯，他们用这玩意儿杀死癌细胞，对吧？医生说现在流行这样一个理论，认为不是所有的曝光在辐射中都是坏事。像这样一点点的量对人是有好处的，能帮我杀死体内不好的东西，让人活得更久一点儿。另外，他们还说，目前无法知道我受的辐射是否已经损伤了某个细胞，这样会引起癌变，但也是很多年之后才能看得见。

"关键问题是没人知道什么时候会出现。我是说，我抽了三十年的烟了。也许今天我受到的这个剂量刚好消除了抽烟引起的损害。"

她点了点头，但是博斯看出来其实她并不相信。她换了个话题。

[①]拉德（rad），辐射剂量单位。

"这是什么？"她指着金属架子上挂着的透明塑料输液袋说。

"就是盐水。他们说在放我出院前要给我补水。那么，你怎么样？伤口缝针了吗？"

他指指她脸上的绷带。

"用了蝶形胶布包扎，整整四块！"

"会留下伤疤吗？"

她耸了耸肩，好像并不在意。但博斯在意。他一直都喜欢带伤疤的女人。他自己都不知道什么原因。

"伊格纳西奥怎么样了？"他问道。

"我刚和急救室的一个医生谈了。他说他正准备做手术，情况看起来还好。不过得等进了手术室看到他的伤情，他们才能确定。他们希望子弹在他身体里没有散开。"

"有警官枪击管理处的人来吗？"

"我不知道，来了不少人，但不知道他们是不是管理处的人。"

博斯急着要自己出去看看。

"我要出去。伊格纳西奥在动手术，就剩下我了。他们会来找我，接下来的八个小时我都要接受问讯。我以前经历过这个。"

"嗯，你说得对。我刚想起来你最近的两个搭档都受了枪伤。你运气不好，哈里。"

"嗯，对，至少他们都还活着。我也刚想起来，这两个案子你都是和我一起合作的。也许运气不好的是你。"

博斯的双腿滑落到床下，他坐到了床边，两只光着的脚悬挂着。

"还有，这玩意儿让我冷死了。"他说。

他伸手去够输液管上的关闭阀。

"哈里，你要干什么？"

"我不需要这玩意儿。我会大量喝水的。"

"你怎么能关了它,还把针拔出来!"

"怎么不能?我想出去。但是我没有衣服穿。他们把我的衣服全拿走了,因为它们在盖革计数器①上砰砰直响。"

"嗯,我喜欢你这套衣服。你看起来像豪斯。"

"豪斯?他是谁?"

"别介意,只是电视上的一个家伙而已。"

博斯很少看电视。他看看身上那套绿色的外科服,猜想豪斯肯定是电视上一个医生。往下看的时候,他发现自己连鞋子都没有了,肯定也被医生们拿走了。

"我得回家,找几件衣服。"

他拉开床边的一个抽屉,拿出一个封口塑料袋,里面装着他的钱包、钥匙,还有电话和警徽。装在枪套里的枪在抽屉另外一个袋子里。

"至少他们还把这些东西留给我了。"

"哈里,再等等。等他们说你没问题了。求你了。"

博斯抬起双手以示屈服,再用一只手拧开输液管上的阀门。他把双腿再拖到床上,靠回到枕头上。

"你得答应我。我留在这儿等水挂完,然后你得带我出去,从后面溜出去。"

"我答应你。"

她的手机响了起来,接电话之前她看了看屏幕。

"是华盛顿的,"她说,"我得接。"

---

①盖革计数器(Geiger counter),一种专门探测电离辐射(α 粒子、β 粒子、γ 射线)强度的计数仪器,由 H. 盖革和 P. 米勒在 1928 年发明。

她边走到帘子外面,边打开手机报上自己的名字。她停顿了一下,只是听着,偶尔说一声"嗯"或者"是的,先生",没说别的什么。最后,她才有机会问了一个问题。

"这条信息来了多久了?"

博斯从她声音里的激动知道发生了些什么。

"我靠得很近,"蕾切尔告诉对方,她听了对方的回答,然后说,"我会开车过去,然后给你回电话。收到你的消息之前,位置是DNA。明白。"

电话结束,她回到帘子里,挂了电话。博斯明白她脸上的那个表情。她因为什么事情在激动。而且肯定是好事。

"怎么了?"他问。

"我得走了。"

"等等,我们俩说好的。你要带我出去的。"

"没有说好,我现在有命令,副局长下达的。"

博斯又从床边上坐起来。

"那带我去。"

"不行。"

"DNA,是'不能靠近'的意思,对吧?"

"你偷听我的电话?"

"中间只隔了一个塑料帘子,我没办法听不到。发生什么事了?"

"哈里,我告诉过你,我不能——"

"你没有车。你要出去叫出租车吗?你要坐出租车去那个'不能靠近'的位置吗?"

蕾切尔看起来有点儿恼怒,举起双手投降了。

"行,行。你的衣服呢?"

"我说过了，它们被污染了，被他们拿走了。到底发生什么事情了，蕾切尔？"

"我会在路上告诉你。现在我得给你找几件衣服。"

"我要的是鞋子，问问他们把我的鞋子放哪儿了？"

她分开帘子很快消失了。博斯从床上站起来，把输液管上的阀门关上，然后再把管子从他手臂上的滞留针上拔下来。他把滞留针留在手臂上，因为他不知道怎么把它拔下来。他拉开一个封口袋，拿出自己的东西。但他很快意识到他身上没有口袋，在走到车那儿之前，他得把所有的东西拿在手里。

蕾切尔穿过帘子回来，手里拿着一双鞋和袜子递给他。"试试这个，我们得走了。"

"伊格纳西奥的？"

"他暂时用不着这些了。你的，他们已经给销毁了。伊格的比你的大点，但是能穿。如果你要跟我去，就穿上。要是不去，把你的钥匙给我。"

博斯坐回到床上，开始穿他搭档的鞋袜。

"好吧，蕾切尔，"他说，"成交。我们要去哪儿？"

"还记得麦克斯威尔想要栽赃的那两个真正的恐怖分子吗？"

"是的，莫比和……"

博斯一时想不起来名字了。

"纳萨尔和阿尔·费耶德，"蕾切尔说道，"今天早上华盛顿总部决定，假如有炸弹在洛杉矶爆炸的话，那看起来肯定不是好事。所以最终锁定了这两个恐怖分子，联邦调查局清楚地知道他们就在美国。而对这两个恐怖分子，之前调查局从未向公众发布过预警。"

博斯立刻明白了这其中的政治影响。

"他们意识到一旦公众发现了,脑袋就保不住了,国会听证会、内部调查,无所不及。"

"确实。所以今天早上他们采取了损害控制措施。他们把这两个人放进了悬赏名单,而且还对华盛顿媒体召开了一个发布会。"

"还有?"

他试穿了那双鞋子,准备好了要离开。

"还有他们刚刚进行了一场正规的行动。一位住在回声公园那儿的女士看到了在有线新闻网上公布的他们的照片,拨打了热线电话。她说纳萨尔和阿尔·费耶德租了她家车库上面的房子。"

"怎么证明她说的情况吻合?"

"她说其中一个人叫莫比。而今天总部并没有公布他的名字。"

博斯站了起来。

"那我们再到回声公园去。"

"记住,'不能靠近',博斯,"蕾切尔说道,"我们现在只要到达那里,确定他们在那儿就行。一旦确认,我们就打电话叫大部队来。"

蕾切尔转身往帘子外面走去,他紧跟着。

"我希望在回声公园,这次的事情要比他们上次做得好些。"博斯说道。

亲爱的读者：

《高地》特别赠送的第二十三章最初是专门为迈克尔·康奈利的邮件好友所写。如果您想加入到迈克尔的邮件好友名单中，收到以后的特别赠送章节，请点击 www.MichaelConnelly.com。

诚挚的
网站管理员
简·戴维斯

鸣　谢

　　这是一本虚构的小说。在构思期间，作者得益于小说涉猎的领域内专家的帮助。在此，作者要特别感谢拉里·加德尔博士和伊格纳西奥·费拉斯博士。他们两位非常耐心地解答向他们提出的有关于肿瘤学、医用物理学的业务知识以及铯的使用和操作方面的问题。在法律实施方面，假如没有里克·杰克逊、戴维·兰姆金、蒂姆·马西亚、格雷格·斯托特和其他几位不愿意透露姓名的朋友的帮助，作者会全然找不到方向。所有这些领域内的知识在《高地》中出现任何错误或是夸大的部分都仅仅是作者本人的问题。

　　同时，在编稿方面，作者也希望向阿斯亚·穆奇尼克、迈克尔·皮奇、比尔·马瑟、简·伍德、特里尔·李·兰克福德、帕梅拉·马歇尔、卡洛琳·克里斯、莎侬·伯恩、简·戴维斯以及琳达·康奈利慷慨给予的帮助表示感谢。

作者访谈

问：《穆赫兰高地》原本连载于《纽约时报·星期日特刊》上。现在将其作为一本小说出版，你可以不受杂志版面和字数的限制来重写这个故事。对于此番重写你有何感想？

迈克尔·康奈利：有两个方面的好处。第一点是：在《纽约时报》上写故事有相当严格的规定要遵守。故事只有十六章，每一章要尽可能限制在三千字这个范围内。因此我必须将有些章节缩减，而另一些则适当扩充。当你已经习惯于——写完了十七本书之后——在写作小说时不去考虑它的字数以及章节的长短之后，要做到控制字数殊非易事。因此，现在可以按照我想要的节奏来重写这个故事，这种感觉是非常愉悦的。我认为发表在《时报》上的原来的那个故事，情节内容进展相当快，但是我现在称之为最终版本的这个故事进展得更快。从这次改写中，第二点令人感到高兴的是：在原以为这个故事已经结束了大约八个月之后，我还能得到这么一个重写的机会。在今日之出版界，你能有机会写完一个故事，然后又能将其反复思考、斟酌，看哪些地方该增补，哪些地方该修改；这样的机会实属难得。

问：正式出版的小说与在《纽约时报》上发表的连载故事相比有哪些不同之处？

迈克尔·康奈利：我想小说里的故事更为复杂。在故事情节和人物方面我并没有做太大的改动，在《时报》上的故事，坏人仍然是坏人。但是我让哈里·博斯面对的官僚主义和政治的障碍更为复杂了。围绕一个在《时报》版中不曾出现的人物，我还增加了一条颇有意义的故事线索。我还将故事发生的时代背景做了改变，这就使得整个故事更具现实性。

问：《穆赫兰高地》中的事件是设想为在《回声公园》（创作于2006年）事件大约五个月之后发生的。于是我们立刻发现哈里·博斯有了一个新搭档，他不再在洛杉矶警察局悬案部工作了。关于这两本书之间的这段时间，你能告诉读者些什么吗？在这两个案件之间的这段时间里，哈里·博斯一直在干什么？

迈克尔·康奈利：我着力让这些小说尽可能地具有现实主义的特征，而又不妨碍每一个故事的戏剧性。我想从《回声公园》结尾里发生的事件来看，警方必定会展开一个重要的内部调查，以确定哈里的行为是否得当。因此哈里在此期间一直在等待调查的结果，同时，他急不可待，急于要去继续完成他的使命。我不想抛弃《回声公园》里的任何东西，但是很明显，最终哈里需要一个新搭档。

问：你能告诉我们在第十三章的末尾，当哈里·博斯说："查理不会冲浪。"时，你表示了对《现代启示录》这部电影的敬意，是因为什么吗?

迈克尔·康奈利：在那部电影里，一位空军陆战队少校利用他手中握有的兵力和权势霸占了一片海滩，供自己冲浪。他专横地咆哮出了一句话："查理不会冲浪"。我想这是对那场战争以及"强权即公理"的想法的一个小小的隐喻。我想在这本书里，哈德利局长当时做出的那些决定就是这种谬论的代表。

问：哈里在《穆赫兰高地》中有了一个新搭档，他和新搭档之间的关系进展得不是很顺利。你认为哈里对于一个探员新手会是一个好的导师和行为榜样吗？在未来的博斯系列小说中我们会有望看到有关伊格·费拉斯更多的故事吗？

迈克尔·康奈利：我想我把它看成是一种导师的关系，我认为伊格纳西奥·费拉斯会接受的。我想在这一点上来说，哈里具有丰富的人生阅历和办案经验，他会将这些经验传授给费拉斯。我确信伊格同时也会受到哈里愤世嫉俗思想的影响。

问：哈里在这次的办案过程中遵从他的本性行事，他似乎根本不在乎得罪了什么人，或是打破了什么规章制度，有点一意孤行的味道。偏离了正规的警察办案程序和规范，他承担了极大的风险。他为什么要这样干？这说明了他是一个怎样的人？

迈克尔·康奈利：我想这是哈里一贯的行事方式。他是一个极具使命感的人，对于他来说，使命比规章更重要。说到他的行为方式，我想用一个词来概括：铁面无私。

问：在你的小说中，有一个反复出现的主题，即美国联邦调查局和洛杉矶警察局之间缺乏信任。这一点是对这两个机构的一个现实的描述吗？

迈克尔·康奈利：在某种程度上来说，无疑是有一点信任的缺乏。我认为这种情况肯定是不应该存在的。它们是两个庞大的机构，要处理一些敏感的，有时是生死攸关的调查。但是我想在此类情况下，要一个机构将至关重要的或是极度危险的信息与另一个机构来分享，这种做法不见得明智，因为它可能会被散播到成千上万的人群中去。对于这些你甚至都不了解的成千上万的人，你又如何信得过呢？

问：这是联邦调查局的特工蕾切尔·沃林和哈里·博斯的第三次合作（她在《海峡》和《回声公园》里也都和他一起共过事）了。在这两个人物之间，你是否有计划给他们安排一个长期的合作关系呢？

迈克尔·康奈利：太久以后的事我还没考虑过。我个人很喜欢蕾切尔这个角色。从这种意义上来说，她很可能会再次出现。但是我不能确定是何时何地。我现在正在写的一本书中有哈里在里面，但是她到目前为止还不曾露面。

问：十五年前，你的第一本小说《黑色回声》（1992年出版）中，哈里·博斯就已经与世人见面了。回顾这些年的写作，再来审视这十三本博斯系列丛书，你有何感想？

迈克尔·康奈利：我希望他会按照一个具有现实主义风格的人物发展下去。我希望他的变化在读者看来真实可信。我想会是这样的。他有一个女儿，这是迄今为止在这个系列小说中他所具有的最为重要的变化，或者称之为时刻，因为这是促使他的性格发生变化的最大因素。在许多方面来说，哈里仍然还是一九九二年的那个哈里。但是在一些其他方面，他已经发生了很大的变化，因为生活已经给了他不少教训。

THE OVERLOOK by Michael Connelly
This edition published by arrangement with Little, Brown and Company, New York, New York, USA.
Simplified Chinese edition copyright: ©2016 by NEW STAR PRESS
ALL RIGHTS RESERVED.

图书在版编目（CIP）数据

穆赫兰高地／（美）康奈利著；陶娟，王莹译．—北京：新星出版社，2016.4
ISBN 978-7-5133-2049-8

Ⅰ．①穆… Ⅱ．①康… ②陶… ③王… Ⅲ．①侦探小说-美国-现代 Ⅳ．① I712.45

中国版本图书馆 CIP 数据核字（2016）第 056280 号

午夜文库
谢刚 主持

穆赫兰高地

（美）迈克尔·康奈利 著 陶娟 王莹 译

责任编辑： 王　欢
责任印制： 李珊珊
装帧设计： 周伟伟

出版发行：	新星出版社
出 版 人：	谢　刚
社　　址：	北京市西城区车公庄大街丙3号楼　100044
网　　址：	www.newstarpress.com
电　　话：	010-88310888
传　　真：	010-65270499
法律顾问：	北京市大成律师事务所

读者服务：	010-88310800　service@newstarpress.com
邮购地址：	北京市西城区车公庄大街丙3号楼　100044

印　　刷：	北京京都六环印刷厂
开　　本：	910mm×1230mm　1/32
印　　张：	7.5
字　　数：	120千字
版　　次：	2016年4月第一版　2016年4月第一次印刷
书　　号：	ISBN 978-7-5133-2049-8
定　　价：	30.00元

版权专有，侵权必究；如有质量问题，请与印刷厂联系调换。